NUITS DE MYSTERE AU MOULIN

© 2024, Francis Pinto Vaz-Pedro

Édition : BoD - Books on Demand, info@bod.fr

Impression : BoD - Books on Demand, In de Tarpen 42, Norderstedt (Allemagne)

Impression à la demande

ISBN : 978-2-3225-2094-7

Dépôt légal : Février 2024

Je tiens à remercier profondément mes parents Carlos et Catherine pour la fabuleuse enfance qu'ils ont pu m'offrir et pour les fantastiques expériences qui nous conduiront à être les protagonistes de cette histoire incroyable.

Sans oublier tous ceux qui se reconnaîtront et qui m'ont soutenu comme Laura ou Renaud, je dédie cet humble récit à mon père Carlos qui par ses efforts, son travail et sa volonté a fait du Moulin un endroit fabuleux et désormais indissociable de notre famille.

SOMMAIRE

PROLOGUE……………………………………......11

I. DE PARIS AU MOULIN…………………...15

II. LE PREMIER INCIDENT…………….…29

III. LA RECHERCHE DANS LA MONTAGNE….41

IV. L'ATTENTE ANGOISSANTE……………..53

V. LES SIGNAUX……………………………..61

VI. PAPA ?! RACONTE-NOUS ! ………………69

VII. LA VISITE……………………………….81

EPILOGUE…………………………………101

ANNEXE……………………………..………109

PROLOGUE

Après avoir raconté cette histoire au compte-gouttes à quelques privilégiés de mon entourage proche, j'ai décidé d'utiliser la plume afin de sceller, par la force des mots, cette aventure avant que ma mémoire fasse disparaitre certains détails de cet étrange incident. Mon intention est de faire de ce livre le gardien des curieuses et mystérieuses anecdotes de cet improbable épisode de notre vie. Avec l'idée de n'oublier aucun détail, ma volonté est de transmettre l'intensité des évènements qui nous ont fait vivre une expérience à la fois angoissante, inexplicable et tout à fait hors du commun. J'espère ainsi pouvoir maintenir vive la flamme des émotions perçues pendant ces incroyables et inoubliables vacances qui font de cette histoire familiale une expérience extraordinaire, fantastique mais absolument réelle.

Bien que presque vingt-cinq ans se soient déjà écoulés, cet été énigmatique reste encore présent dans notre mémoire. Mes parents, ma sœur, mon cousin Pascal et moi gardons le même souvenir de ce qui s'est passé. Cependant, les évènements n'ont pas eu le même impact sur l'imagination de chacun d'entre nous, ni sur la vision du monde qui nous entoure. Cette aventure marquera notre inconscient au fer rouge mais ne nous laissera pas la même cicatrice. Ma mère gardera un âpre souvenir enveloppé de terreur. Mon père profitera de l'expérience pour assoir encore un peu plus quelques-unes de ses théories excentriques, et pour ma part je resterai à mi-chemin entre effroi et désir d'en savoir plus.

Il faut savoir que ma famille est un peu atypique. Principalement pour ce qui est de mon père. Il s'agit d'une de ces personnes qui vous fait vivre et connaitre des choses extraordinaires, simplement pour s'embarquer, de manière inconsciente, dans des situations invraisemblables. Il a le don d'aller à l'encontre de la pensée commune. S'il existe différents chemins rapides et sûrs qui permettent d'atteindre un objectif, mon père choisira, sans hésiter une seconde, de prendre un autre sentier, tortueux, et de foncer tête-bêche vers les obstacles. Malgré sa capacité pour compliquer les choses simples, il est, étonnamment, toujours capable de trouver une solution à ces situations pleines d'anecdotes surréalistes. Dès mon plus jeune âge, mes parents m'ont fait découvrir en voyageant, camping, montagnes, plages, châteaux, grottes et ruines préhistoriques. J'ai passé à leurs côtés de nombreux week-ends à monter et démonter des moteurs de vieilles voitures, à planter des tomates ou des concombres dans le jardin ou encore à poser du carrelage dans la salle de bain. Tout ce que j'ai pu apprendre avec mon père quand d'autres seraient restés à la maison, ou seraient allés de fête en fête, n'a pas de prix.

Ma mère est très bien éduquée, respectueuse, agréable et terriblement drôle et joyeuse. D'une grande simplicité naturelle, elle ne se plaint jamais et a toujours le sourire. Tout le monde l'apprécie beaucoup, à juste titre, pour sa gentillesse ou sa disponibilité et c'est peu de le dire.

Ce qui caractérise le mieux mon père est, sa capacité d'adaptation, son intelligence pratique, l'intérêt qu'il porte à l'inconnu et surtout une incroyable capacité à ne pas percevoir les problèmes comme le reste du monde.

Mes parents aimaient beaucoup voyager. Avec peu d'argent, beaucoup d'ingéniosité et de travail, ils avaient transformé un camion de transport de miel en camping-car suréquipé. Grâce à tous ces efforts, nous avons pu voyager un peu partout jusqu'à ce qu'ils achètent un terrain au Portugal, en pleine montagne, avec un très vieux moulin à eau. A partir de ce moment, les voyages entre France, Espagne, Italie et

Portugal commencèrent à se réduire. Les vacances n'avaient plus qu'une seule destination : le "Moulin".

Malgré leurs grandes différences de caractères, ils ont toujours su parvenir à un équilibre et une continuité, même si c'était parfois un peu chaotique, mais très animé. Je crois pouvoir affirmer, sans trop m'éloigner de la vérité, que la quasi-totalité de mes vacances d'été pendant mon adolescence ont été originales et différentes de celles de mes amis. Pleines de surprises, d'imprévus, d'apprentissage et d'émerveillement. Toutefois, aucunes n'auront été aussi surprenantes et incroyables que celles de l'été 1996 au "Moulin".

I. DE PARIS AU MOULIN

Deux jours de routes et de chemins éclectiques entre la jungle urbaine de la périphérie parisienne et le petit village archaïque de la Beira Baixa portugaise. Il ne s'agissait pour l'instant que du préambule de nos vacances au Moulin.

Mille cinq cents kilomètres à bord de notre camping-car rustique, quelques pauses pipi, deux ou trois visites éclairs des villes étapes et presque toujours une ou deux roues à changer. Nous n'étions pas seulement séparés par la distance physique et les paysages, mais également par les coutumes des villes que nous traversions. Il y avait un abîme entre la frénétique capitale française et le rythme au ralenti d'un petit village portugais. Nous passions en moins de deux jours d'une des villes les plus actives d'Europe à une petite bourgade dans la région la plus humble du Portugal. Au-delà de voyager vers le sud, il semblait que nous voyagions cent ans vers le passé. En réalité, c'était ce que nous cherchions. Déconnecter, se détendre en pleine nature et profiter de la paisible tranquillité de la montagne.

Nous nous approchions, les températures n'avaient cessé de grimper au fur et à mesure que nous avancions

vers le sud. De plus en plus de champs et de montagnes s'offraient à nos yeux et de moins en moins de gens se faisaient remarquer. Les routes devenaient inexorablement de plus en plus étroites et leur état se dégradait au fil des kilomètres. Nous savions qu'il ne restait, d'ores et déjà, que quelques minutes. Nous pouvions déjà voir au loin la montagne qui encerclait le village comme un amphithéâtre naturellement majestueux. Je trépignais d'impatience alors que mon père se sentait soulagé d'arriver enfin à bon port.

Comme chaque année, nous garions le camping-car sur la petite esplanade de terre battue à côté de l'église à quelques mètres du château en ruines. C'était depuis toujours notre lieu de campement préféré. Nous étions ainsi un peu retirés du centre ce qui nous permettait de ne pas gêner les curieux avec notre immense véhicule. De plus, cette petite place très tranquille et excentrée, surmontait pratiquement tout le village et nous offrait une vue imprenable sur la montagne. Juste en face de nous s'érigeait, d'un côté la muraille en ruines qui entourait les restes du robuste donjon en pierre du douzième siècle ; et de l'autre, la vieille église qui comptait bien peu de paroissiens. L'endroit était parfait pour y laisser le camping-car à l'abri des regards indiscrets, d'autant plus que nous pouvions accéder

directement au chemin forestier qui menait au moulin sans couper par le village. D'ici, nous pouvions deviner au loin le Moulin au milieu de la montagne. Comme un petit rituel d'arrivée, nos premiers gestes étaient toujours les mêmes : d'abord nous nous rassemblions derrière l'église au coin de l'esplanade. Là, à l'ombre du vieil olivier, nous suivions du regard la route romaine escarpée qui grimpait dans la montagne en imaginant le trajet avec les yeux rivés sur le petit chemin : nous descendions du village à pied pour prendre le vieux sentier. Nous passions ensuite le petit pont sur la rivière et nous commencions à gravir avec difficulté la route romaine pavée jusqu'à la petite forêt de pins qu'il fallait traverser pour enfin arriver à notre petit paradis. Là-haut, au milieu de nulle part, notre petite oasis nous attendait entre rochers gigantesques de granite et bosquets de pins et de genets.

Le Moulin est, comme son nom l'indique, un ancien moulin à eau plusieurs fois centenaires que nous reconstruisions pour en faire notre résidence de vacances, éloignée de la ville et en pleine nature. La propriété se situait à deux ou trois kilomètres du village d'à peine cent habitants. Eloigné de tout, il était entouré par une magnifique chaine montagneuse réputée pour ses légendes et ses gigantesques pierres de

granite aux formes extravagantes et mystérieuses. A deux pas de la maison en reconstruction passait la petite rivière qui, des siècles auparavant, faisait tourner la roue à aube du moulin. Le petit village était déjà très isolé des autres villages alentours puisqu'une seule route en cul de sac accédait à celui-ci. Même ainsi ce n'était rien par rapport au Moulin. Il n'existait qu'un seul chemin entre le village et le moulin que seul un véhicule tout-terrain pouvait emprunter pour monter dans la montagne. Notre voisin le plus proche mettrait plus de vingt minutes à dos d'âne avant d'arriver chez nous. La tranquillité était le maître mot de ce que nous recherchions avec le Moulin. Là, notre intention était de nous ressourcer et de déconnecter. Perdus au milieu de la montagne, sans électricité ni eau courante, nous allions nous réconcilier avec la nature. L'autre aspect du calme et du dépaysement qui émanait du village était dû aux villageois. A la fois accueillants et à l'affut de tout commérage possible, ils vivaient comme cent ans auparavant. Certains se déplaçaient à l'aide d'un âne, d'autres, plus modernes, possédaient de vieilles motos des années soixante. Dans les rues, nous pouvions voir les femmes au visage marqué par des années de dur labeur déambuler toutes de noir vêtues, avec des lourds fardeaux de bois sur la tête. Seuls le chant du coq tôt le matin, les chiens qui pourchassaient

les chats, la cloche de l'église et les discussions farouches des femmes brisaient de temps en temps le silence du village. C'était un endroit magnifique. Le village s'était édifié sur une petite colline surmontée par le château et était entouré par la montagne. Le village tout entier était fait de pierre et les maisons aux murs polis par le temps exhibaient, avec orgueil mais sans prétention, des siècles d'existence. Nous pouvions sentir la chaleur torride au travers des odeurs et des sons. Les pierres semblaient crépiter sous la température accablante. Le chant des insectes s'incorporait à cette symphonie d'été où l'air dense amplifiait les senteurs des fleurs et des arbustes sous ce soleil de plomb. Nous retournions dans un passé où porter une montre n'avait pas de sens. Nous étions enfin en vacances !

Le village entouré par la montagne.

Sans perdre plus de temps, nous allions saluer José Maria, José Manuel et leurs parents Maria Alicia et José Pio. Très sincèrement, nous ne savions jamais s'ils seraient dans leur demeure en bas du village, dans l'autre maison tout en haut dans la montagne, perdus dans les champs, dans l'étable ou bien encore en train de courir derrière les chèvres. Ils étaient à la fois bergers, agriculteurs et maçons, entre autres offices. Ils vivaient en totale autarcie et leurs dépenses se limitaient aux sacs de cinquante kilos de sel, de sucre, un peu de café et de l'essence pour la vieille moto. Ils étaient capables de tout faire eux-mêmes. La farine, le pain, l'huile, la charcuterie ou encore des fromages rustiques aux odeurs puissantes et inimitables. Ils préparaient leur propre vin et leur vinaigre, même si la différence entre les deux était imperceptible pour le non-initié.

Dès que nous trouvions l'un d'entre eux, nous récupérions notre petit 4x4 qui restait dans leur grange transformée en garage. Le plus rapidement possible, nous préparions le véhicule pour l'expédition. Pourquoi l'expédition? Simplement parce que nous allions vivre un mois entier dans la montagne, en passant les nuits sous les tentes de camping, sans électricité ni eau courante. L'organisation était finalement simple. Pour dormir, camping sauvage avec les tentes installées sur nos terrains en pleine montagne. Pour manger, une cuisine improvisée au moyen d'un camping gaz dans la maison en travaux. Nous avions accès à l'eau potable grâce à deux sources naturelles de montagne qui jaillissaient directement de la roche depuis des temps immémoriaux. L'une d'entre elles dans le moulin et l'autre près de la rivière. Nous disposions également d'un petit générateur à essence qui nous offrait chaque jour quelques heures d'électricité. L'appareil nous servait principalement pour les travaux de la maison en construction pendant la journée. Le soir, nous en profitions quelques minutes pour notre partie de babyfoot avec José Maria et José Manuel pendant laquelle il y avait plus d'éclats de rires que de buts. Regarder jouer José Maria et son frère n'avait pas de prix. C'était un véritable spectacle qui semblait provenir d'un numéro de cirque improvisé. Ces quelques moments divertissants et pleins de gaité contrastaient totalement avec leur austère vie quotidienne.

En réalité, il ne s'agissait pas exactement de vacances estivales comme on pourrait l'imaginer. Mon père nous avait appris à regarder le concept de vacances sous un autre angle. Du lundi au samedi, de 9h00 à 13h00 puis de 14h00 à 21h00, nous mettions littéralement la main à la pâte. José Maria, son frère, mon père et moi, nous nous transformions en joyeux et ingénieux maçons pour faire avancer les travaux de la maison.

C'est aussi pour cela que nous devions charger la voiture avec les tentes, les sacs de couchage, les vivres, les lampes à gaz, les perceuses et tout le matériel de construction…L'idée était de ne pas avoir à monter et descendre la montagne plusieurs fois par jour et d'utiliser au mieux le temps des vacances pour construire peu à peu la maison.

Avec la voiture toujours plus chargée qu'un autobus à Bombay en heure de pointe, nous montions, non sans difficulté, le terrible chemin qui menait au Moulin. Je continue encore de me demander comment cette voiture, qui peinait dans les montées dès le premier instant, parvenait à nous déposer sains et saufs à notre oasis de tranquillité sauvage. Nous pouvions garer la voiture sur notre propriété à une cinquante de mètres du vieux moulin en reconstruction. Les premières heures dans la propriété étaient cruciales pour mettre de côté nos craintes et nos peurs des serpents ou autres insectes autochtones. Elevé à Paris, je n'étais pas très habitué aux couleuvres, aux scorpions, aux mantes religieuses ni aux sangliers ou encore aux blaireaux

sauvages. Personne ne s'occupait vraiment de l'entretien des terrains pendant notre absence de plusieurs mois. Cela expliquait pourquoi les cinquante mètres de chemin qui séparaient la voiture de la maison se transformaient en une véritable jungle. Traverser les herbes hautes où pullulaient les insectes et les toiles d'araignées était une véritable épopée pour moi. Les bruits de la petite faune fuyant à chacun de mes pas me faisaient sentir comme un explorateur du nouveau monde entrant en terres hostiles. C'est avec un peu de peur et beaucoup d'adrénaline que nous ouvrions la première porte de la vieille maison contigüe au moulin. Un lézard, un petit serpent ou une souris s'échappant se laissait toujours entrevoir. Nous entrions en passant la tête avec précaution. Une peau de serpent séchée dans un coin, quelques toiles d'araignées, de petites crottes de souris, un peu de poussière…rien de très intéressant cette année.

Sans perdre de temps, nous devions préparer le campement, couper quelques herbes hautes, monter les tentes, installer les matelas gonflables pour dormir et ranger les vivres. Ensuite seulement, nous profiterions de la vue panoramique, des couleurs vives, des odeurs agréables et des bruits que nous offrait la montagne. Venait ensuite la première nuit attendue avec inquiétude. Nous étions tous, bien évidemment, très fatigués du long voyage ; cependant, aucun d'entre nous n'était excité à l'idée d'aller dormir sous les tentes, à l'exception de mon père. La première nuit en pleine montagne dans nos igloos de toile imperméable imposait un profond respect. Cet endroit magnifique de jour se transformait, à la tombée de la nuit, en un lieu lugubre et terrifiant. La profonde obscurité, le silence pesant de la montagne, le bruit étouffé de la rivière et la sensation d'être observé par la présence invisible de la faune nocturne, créaient un climat pour le moins inquiétant. Le moindre bruit, ombre, reflet ou simplement ton imagination pouvait te renvoyer face à tes plus profondes angoisses. L'endroit était parfait pour promouvoir le développement d'une imagination sans limite. Seul mon père attachait peu d'importance aux insectes atypiques, aux renards ou encore aux bruits bizarres dans l'obscurité pénétrante. Je continue de penser qu'il n'est pas fait comme nous et je ne sais toujours pas si quelque chose sera capable de lui faire peur un jour. En quelques minutes, mon père tombait dans les bras de Morphée. Ma mère, cependant, ne fermait les yeux qu'à la levée du jour et ma sœur de huit ans trouvait le sommeil en peu de temps. Quant à mon cousin Pascal et moi, nous prolongions la nuit le plus possible en nous racontant des histoires dans l'idée de nous maintenir éveillés jusqu'à l'aube. Malgré le chant lugubre d'un hibou, les bruits mal interprétés d'un vent sinistre et de quelques ombres terrifiantes, nous terminions également endormis avant le lever du jour.

Finalement, comme les années précédentes, il ne s'était rien passé digne de raconter cette nuit. Mais que pouvait-il nous arriver dans cet endroit si retiré du monde ?

Ma tente dans le jardin avec vue sur le Moulin et sur la montagne en pleine nuit.

II. LE PREMIER INCIDENT

Presque trois semaines s'étaient écoulées depuis notre arrivée au Moulin. Les travaux avançaient à bon rythme mais tout de même plus lentement que ce que nous espérions. Nous débutions tous les jours sur les coups de neuf heures et nous terminions de nettoyer les outils avec le coucher du soleil vers vingt-et-une heures. Aujourd'hui n'allait pas être un jour d'exception concernant les travaux, mais il allait être cependant très différent des jours habituels et allait nous extirper de la routine. Ce soir-là, nous avions un dîner prévu au Moulin avec José Maria, José Manuel et leurs oncles et tantes. Il s'agissait de fêter ce que nous pourrions appeler la fin de la première partie des travaux. En effet, nous venions de terminer le plafond du rez-de-chaussée. Nous avions enfin notre première pièce formée de quatre murs et d'un toit. Même s'il n'y avait toujours pas de porte ni de fenêtre pour avoir une salle hermétique, les progrès étaient considérables. Toutefois, cet évènement allait être lui-même éclipsé par un autre complètement rocambolesque.

La journée de travail touchait à sa fin et chacun d'entre nous avait d'autres impératifs que manipuler les sacs de ciment ou les parpaings. Mon père préparait ses fameux cocktails apéritifs tout en discutant avec

Baltazar le vieux berger. Ma mère terminait de retirer le linge qui séchait dans le jardin et ma sœur jouait avec mon cousin près de la balançoire sous la surveillance de Maria Dos Anjos, la femme du berger. De l'autre côté, José Maria nettoyait tranquillement et avec délicatesse ses outils pendant que son frère, une bière à la main, le sermonnait, comme souvent, pour sa manie de traiter un vulgaire outil avec tant d'amour. Pour ma part, j'étais chargé de remplir la cruche d'eau à la source la plus fraiche près de la rivière, pour nous désaltérer après cette dure journée de travail.

La nuit était sur le point de tomber et le chemin jusqu'à la source était déjà bien sombre. C'était un jour de nouvelle lune de sorte que l'obscurité était déjà totale en direction de la montagne. Le ciel dégagé du mois d'Août laissait apparaitre une myriade d'étoiles qui s'intensifiait à mesure que la nuit s'obscurcissait. Comme chaque jour à cette heure, la température baissait brusquement et un vent frais descendait de la montagne. Un frisson me traversait tout le corps en voyant que le temps de remplir la cruche avait suffi à faire disparaitre de ma vue le petit chemin qui menait au moulin tant la montagne était devenue sombre. En à peine quatre ou cinq minutes nous étions plongés dans une ambiance ténébreuse. Mon père, prévoyant, avait

déjà mis en marche le petit générateur, et d'où je me trouvais, je pouvais distinguer un peu de clarté dans le moulin. Deux faibles ampoules éclairaient timidement la table pour le dîner.

C'est à cet instant précis, alors que le contexte était le plus propice à l'effroi, que l'incident fit basculer la nuit dans une angoisse réelle et tangible.

Dans le ciel, à une centaine de mètres au-dessus de nous, venait de passer à une vitesse fulgurante une boule de lumière extrêmement brillante. De la taille d'une grande voiture, l'objet se dirigeait vers le sommet le plus marqué de la montagne, encore appelé la "Penha", tout proche de nous. Il avançait à grande vitesse en ligne droite, jusqu'à ce qu'il change brusquement de direction vers le bas pour tomber juste derrière la colline voisine. Nous venions d'être les témoins de la chute, sans un bruit, à moins de deux kilomètres de nous, de ce qui est par définition un ovni !

Je restais bouche bée pendant quelques secondes. J'étais profondément déconcerté car bien qu'ayant vu l'objet avec exactitude, je n'étais pas capable de savoir ce dont il s'agissait. Immédiatement, me venait à l'esprit l'invraisemblable et surréaliste histoire que l'on racontait dans le village à propos d'un voisin (un certain Americo) qui aurait des contacts avec des extraterrestres depuis des années. Perdant toute logique, je me sentais subitement terriblement vulnérable, seul, près de la rivière, dans l'obscurité totale qui m'entourait. Pris de panique, je sentais que tout autour de moi devenait menaçant. Mon imagination transformait n'importe quel bruit, silhouette, ombre ou reflet en une possible menace terrifiante. Le tranquille murmure de la rivière devenait soudainement une menaçante voix d'outre-tombe. Dans mon imagination le superbe ciel étoilé se voyait converti en voies d'arrivées intersidérales pour tous types de navettes spatiales. Le paisible chant de la chouette dans la montagne résonnait déjà comme la lente mais inéluctable arrivée de la mort... A ce moment, plus rien n'avait de sens dans ma tête et je perdais toute cohérence.

Je disparus en courant vers le moulin sans regarder derrière moi. En arrivant, je me rendis compte que je n'étais pas le seul dans cet état. A l'exception de mon père et du berger qui discutaient tranquillement dans le moulin, nous avions tous vu cet objet difficile à identifier dans le ciel. Ma mère était terrorisée car le thème des ovnis la terrifiait. Mon cousin de douze ans et ma sœur de huit ans contenaient leurs larmes et s'étaient agrippés au pantalon de mon père en voyant la panique autour d'eux. Nos deux rudes et rustiques amis étaient très perplexes et déconcertés car bien qu'étant nés en pleine montagne, ils n'avaient jamais vu une telle chose. Quant à la vieille bergère, sa version était qu'il pouvait s'agir d'une de ces "étoiles bizarres" ou encore de "ces gens qui viennent de très loin" mais sans donner plus d'importance au sujet, qui lui semblait toutefois surprenant.

En écoutant ce vacarme autour de lui, mon père commençait à se demander la raison de ce chahut. Il nous demanda alors ce qui se passait. Après lui avoir raconté ma version des faits, celle-ci fut confirmée par ma mère et réaffirmée mot pour mot par les versions portugaises de nos trois autres invités. Nous coïncidions tous sur le fait qu'il ne s'agissait pas d'un hélicoptère, ni d'un avion, ni encore d'une étoile filante ou d'un drone puisque que cela n'existait pas encore à cette époque. Nous étions également tous d'accord sur l'estimation de la taille de l'objet et de l'altitude (dimensions d'une grosse voiture, à environ cent mètres de haut). Nous concordions aussi sur le changement brusque et la direction de la chute, avec de petites variantes quant à l'estimation du point d'impact qui s'était fait sans un bruit.

L'interrogatoire de mon père fut relativement bref et concis, et en trois minutes, il conclut qu'il s'agissait d'un petit avion qui avait simplement atterri derrière les montagnes. Il ajouta, de plus, que cet incident ne méritait pas de s'en préoccuper ; d'autant moins que tout ce chahut allait retarder le repas pour rien. Malgré notre désapprobation unanime, mon père très autoritaire, avait clos l'incident en un instant. Mon père avait faim et cette étrange lumière n'allait pas l'empêcher de diner.

Assis autour de la table et simplement éclairés par les deux tristes et faibles ampoules jaunes qui pendaient du plafond, nous pouvions sentir la tension qui régnait. L'image de cette intrigante lumière dans la montagne persistait sur notre rétine et continuait de nous tourmenter. De quoi pouvait-il bien s'agir ?

Malgré la morosité et le tracas général qui planait sur ce dîner qui aurait dû être festif, mon père profitait de ses invités et du bon vin ouvert pour l'occasion. La table était comme divisée en deux clans. Le groupe d'en face, dos à la fenêtre, composé de mon père, des vieux bergers et de nos deux amis. Pour eux l'incident n'était déjà plus qu'un vague souvenir oublié. L'autre groupe, celui des traumatisés, était constitué des parisiens apeurés. Ma sœur, ma mère, mon cousin et moi, n'arrêtions pas de penser à ce que nous avions vu et nous étions persuadés que ce n'était pas de bon augure.

La situation était la suivante : nous étions isolés dans la montagne, à vingt minutes du village, entourés de pins et de rochers aux formes terrifiantes dans une maison en construction qui n'avait ni porte ni fenêtre. En pleine nuit, sans même la lune pour nous éclairer un tant soit peu, nous ne disposions que de quelques heures d'éclairage grâce au petit générateur et à ces pauvres ampoules. Nous étions neuf pour un seul véhicule et mon père, qui ne cessait de profiter du bon vin, était le seul à avoir le permis de conduire. De plus, l'unique téléphone en notre possession ne fonctionnait qu'au village et un ovni venait de se poser à un kilomètre de nous. Etait-il vraiment raisonnable de penser que les choses pouvaient mal tourner ?

Le repas continuait, les minutes passaient péniblement et nous tentions de nous persuader que ce dont nous avions été témoins était insignifiant et que rien ne se passerait. Assis à table, à aucun moment nous ne quittions de vue l'encadrement de porte (sans porte) et ce trou béant dans le mur qui sera un jour une fenêtre.

Alors que la situation devenait un peu plus tranquille, et semblait prendre la forme d'une simple anecdote, un horrible bruit strident, qui paraissait sortir des entrailles de la montagne, déchira le silence de la nuit et nous glaça le sang. Ce bruit était impossible à décrire avec exactitude. Il se situait entre la déflagration d'une explosion aigüe et un cri d'horreur et d'effroi. Au même instant, un puissant flash lumineux illuminait la montagne dans sa totalité. Pendant près de deux secondes, cet encadrement de fenêtre d'un noir absolu qui donnait sur la montagne, me laissait voir celle-ci dans tous ses détails, comme en plein jour. Jamais nous n'avions vu ni entendu une chose semblable. Le son ressemblait à celui du décollage d'un feu d'artifice et le flash à celui d'un appareil photo mais dans des proportions gigantesques capable d'illuminer toute la montagne comme en plein jour.

La scène, d'un peu plus d'une seconde, ou de moins de deux, était suffisante pour redonner le contrôle de la situation à notre imagination pervertie. Une fois de plus, nous entrions en panique. Ma sœur se jeta sous la table et s'accrocha aux jambes de mon père pour y chercher protection. Ma mère, qui laissa échapper les couverts qu'elle avait en main, restait pétrifiée sous le coup de l'effroi. Pour ma part, je restais tétanisé sans dire un mot en face de mon père, le regard figé sur l'encadrement de la fenêtre qui avait retrouvé son aspect noir absolu. Et mon père, une fois de plus, était l'unique personne de l'assemblée à n'avoir rien vu ni entendu. Le silence qui résonnait soudainement dans la pièce, et nos visages inquiets, furent les seuls indices qui firent imaginer à mon père que quelque chose nous avait terrifiés.

- *"Qu'est ce qui se passe ?"* demandait alors mon père à ma mère qui contenait ses larmes, le visage décomposé.

- *"Tu n'as pas entendu ?"* répliquait simplement ma mère, la gorge serrée.

- *"Entendu, quoi ?...non. Je n'ai rien entendu ?! Mais qu'est-ce qui vous arrive ?"*

En nous regardant mieux, il finit par comprendre que la peur qui s'était emparée de nous ne devait pas être prise à la légère. Mon cousin commençait à paniquer, ma sœur pleurait sous la table, ma mère était terrifiée et j'étais pour ma part pétrifié par l'angoisse. Je ne me souviens pas si José Maria, son frère, son oncle et sa tante virent ou entendirent tout ça mais je suis sûr qu'ils n'accordèrent pas beaucoup d'intérêt à ce nouvel évènement. En réalité, ils vivaient dans un monde différent du nôtre. Les bergers allaient continuer à vivre sans électricité dans la montagne, l'eau du puits n'allait pas être moins fraîche pour ça, et cette lumière n'allait certainement pas leur retirer leur troupeau ni attaquer leur récolte…Qu'est-ce que ça pouvait bien leur faire ?

Mon père commençait tout de même à se préoccuper un peu plus et sa curiosité se réveillait peu à peu. Malgré ce qu'on pourrait penser, mon père était en réalité celui d'entre nous qui était le plus informé et le plus érudit au sujet des ovnis. J'en veux pour preuve, la quantité importante de livres sur ce thème ou sur d'autres phénomènes inexplicables qu'il possédait et avait lus depuis son enfance. Bien qu'il croyait fermement que ce type d'évènements n'avait jamais cessé de coexister avec l'humanité, ce sujet ne provoquait chez lui aucune crainte, et il pensait que rien de préoccupant ne pouvait arriver. Depuis toujours, il espérait avoir des réponses plus concrètes que de simples récits venant de pays éloignés. Il est également vrai que pour beaucoup de choses, il était extrêmement pragmatique et à ce moment c'était tout

ce qui allait primer. Ses conclusions, concernant le bruit que nous avions entendu, étaient qu'il pouvait s'agir du cri d'un berger demandant de l'aide dans la montagne.

- *"Bon, on reste tranquille...Je vous vois préoccupés, donc j'imagine qu'il s'est vraiment passé quelque chose. La seule hypothèse que je vois digne de me faire lever de ma chaise, est qu'un berger demande de l'aide. J'irai donc jusqu'en haut dans la montagne à la maison de José Pio pour voir si tout est normal. Je ne trainerai pas longtemps."*

Nous étions les seuls de la région à posséder un véhicule capable de grimper jusqu'à la maison des parents de José Maria dans la montagne. Il s'agissait de la maison la plus isolée et la plus éloignée dans la montagne. Il n'y avait qu'un seul chemin en mauvais état pour y accéder. Fait de pierres et de gravier, il était, de plus, très escarpé. Plus d'une fois, nous nous sommes retrouvés coincés dans une de ces montées ardues et sinueuses.

Mon père se leva alors de sa chaise, demanda les clés de la voiture qu'il ne trouvait jamais seul et prit le pistolet. Je n'arrivais pas à croire que mon père était prêt à aller seul jusqu'à la vieille demeure du berger perdue dans la montagne. Ma tête était en pleine ébullition, entre peur, curiosité et désir irrésistible d'en savoir plus sur cette situation surréaliste. Sans réfléchir, je dis à mon père que j'allais l'accompagner. Ma mère ne savait pas trop quoi penser ou que dire. Une chose était sure, elle savait qu'aux côtés de mon père, il pouvait nous arriver n'importe quoi sauf être véritablement en danger. Je m'armai d'une petite hache dont la lame était toute ébréchée, je pris la grosse lampe torche et nous montâmes tous les deux dans le véhicule poussiéreux et un peu rouillé. Tous les autres durent rester au Moulin jusqu'à notre retour, sous la vigilance de notre chienne Mélodie.

III. LA RECHERCHE DANS LA MONTAGNE

Dès le premier instant où je montai dans la voiture, toutes mes peurs disparurent. Celles-ci firent place à l'excitation de vivre *in situ* une scène de film de science-fiction et d'en être le protagoniste. J'avais les yeux ronds comme des billes et j'étais à l'affût de toute preuve de vie extraterrestre. Mon ouïe s'était décuplée pour détecter n'importe quel indice et mon corps tout entier était sur le qui-vive, prêt à entrer en action en un dixième de seconde. J'étais sous tension, presque en transe, tel un sportif au moment d'entrer sur le terrain pour la finale d'un mondial. Je savais qu'il s'agissait d'une expérience incroyable et que cette situation ne se renouvellerait probablement jamais plus. De plus, aux côtés de mon père qui ne tremblait devant rien, et armé de ma petite hache, j'étais certain d'être à l'abri de tout.

Nous démarrions la voiture et mon père commençait à me questionner sur ce que j'avais vu une heure auparavant. Il voulait savoir s'il s'agissait d'une sphère de lumière avec ou sans fumée. Si la forme était vraiment ronde ou plutôt allongée comme un cigare. Si l'objet laissait une trainée lumineuse derrière lui, s'il y avait une odeur de soufre, si la lumière clignotait, si nous avions entendu un bruit lors de son passage, quelle était son altitude, sa vitesse, sa trajectoire…

Aucune hésitation possible. Ces quelques secondes étaient gravées au fer rouge sur ma rétine. C'était une sphère lumineuse blanche, très brillante, de la taille d'une grande voiture à une centaine de mètres d'altitude qui allait vers le pic de la montagne ("a Penha") et qui changea brusquement de direction pour tomber derrière l'autre versant de la colline. L'objet se déplaçait à très grande vitesse, sans un bruit et sans odeur. Il était évident que mon père posait autant de questions parce qu'il avait lu de nombreuses histoires et beaucoup de récits à ce sujet. Mon père, plein d'enthousiasme, commençait à évoquer l'idée surréaliste de vivre une expérience exceptionnelle et de pouvoir communiquer avec des êtres d'un autre monde. Cette vision de la situation était déjà moins à mon goût. Je voulais voir et en savoir plus, j'étais anxieux et avide de réponses…oui mais, en restant à bonne distance. Je n'étais pas disposé à avoir des problèmes avec des êtres dont nous ne savions même pas à quoi ils ressemblent. Je connaissais très bien mon père et j'imaginais déjà un scénario sans queue ni tête, illogique et surréaliste dans lequel il était parfaitement capable de nous empêtrer. Mon père était un as, mais

sa logique suivait généralement un fil conducteur qu'il était le seul à pouvoir démêler.

Nous venions de traverser la première petite forêt de pins. Je n'avais jamais prêté attention à l'obscurité si grande qui y régnait à la nuit tombée. Comment un endroit si joli de jour, pouvait-il être si terrifiant de nuit ? Nous ne pouvions voir que ce que le pauvre faisceau de lumière jaune des phares poussiéreux éclairait. Nous avions une visibilité d'une quinzaine de mètres devant nous sur à peine trois mètres de large. Tout ce qui se trouvait en dehors de ce cône de lumière se résumait à un noir intense et absolu. Comme complice dans cette trame lugubre, la lune ne nous aiderait pas. L'astre roi de la nuit n'apparaissait pas et il ne le ferait pas car c'était jour de nouvelle lune. Nous étions si loin des villes et tellement protégés par les arbres que la seule source de lumière externe que nous pouvions apercevoir était celle des étoiles dans l'inquiétant firmament.

La radio était en marche car le bouton pour l'éteindre s'était cassé quelques jours auparavant. Elle ne captait aucun programme mais nous avions ce bruit de friture qui nous accompagnait dans notre aventure. Nous allions à la vitesse imposée par la qualité du chemin. Pas très vite évidemment, mais c'était suffisant pour laisser derrière nous une trainée de poussière à mesure que nous étions secoués par les trous et les bosses de la route.

Mon père me demanda dans quelle zone avait pu se poser l'objet pour y passer le plus près possible. Nous ne vîmes rien de particulier jusqu'à arriver à la maison de José Pio. Là, nous arrêtions la voiture quelques minutes tout en gardant une distance de sécurité d'une vingtaine de mètres de la maison en pierres plusieurs fois centenaire. Pour le bien de tous, il y avait un certain nombre de règles à respecter. Débarquer en pleine nuit sur les terres isolées de ce septuagénaire, alors qu'il s'agissait peut être de la première fois qu'une voiture arrivait de nuit jusque-là, pouvait susciter des interrogations. Le deuxième aspect à prendre en compte est la norme locale établie entre les bergers de la montagne : *"toute personne se trouvant de nuit, sur les terres de quelqu'un, sans se présenter, est en plein droit de recevoir le nombre de coups de fusil que jugera opportun le propriétaire de ces terres."*

Tout paraissait normal. Le chien qui était là pour surveiller les chèvres aboyait à cause de nous, les portes étaient fermées, pas de lumière et rien qui attirait particulièrement notre attention. Nous appelions deux ou trois fois le berger sans plus insister car il semblait plutôt que cet homme était derrière sa fenêtre et prêt à nous tirer dessus pour l'avoir réveillé. Nous remontions donc dans la voiture, et poursuivions notre route vers l'autre versant de la montagne. Nous traversions une zone plus dégagée avec moins de relief, puis une autre plus boisée avec de nombreux rochers aux formes étranges. Notre imagination était totalement débridée. A chaque mouvement, les phares de la voiture dessinaient des silhouettes menaçantes sur les rochers disséminés aléatoirement dans la montagne. Malgré tout, mon père commençait à perdre foi en cette possibilité de voir quelque chose d'extraordinaire. Côté copilote, je continuais de surveiller dans toutes les directions. Je dépiautais et j'analysais du regard chaque centimètre à la recherche de n'importe quel indice suspect qui pourrait apporter une preuve de ce que nous avions vu.

Là, une ombre bizarre…mais rien. Derrière les pins, une forme qui rappelle une soucoupe volante…mais toujours rien.

De temps en temps, mon pouls s'accélérait quand il me semblait voir une ombre se déplacer ou bien quelque chose qui ne paraissait pas rentrer dans le cadre naturel de la montagne. Nous passions avec respect devant le

"Géant" également appeler le "Gardien". Il s'agissait d'un monolithe imposant sculpté par l'érosion qui avait la forme d'un visage sévère de guerrier. Depuis ces hauteurs, il surveillait les ruines de l'ancienne chapelle détruite au dix-huitième siècle par la propre Eglise dans des circonstances très étranges. On racontait également différentes légendes sur cet endroit sacré. Depuis la préhistoire, ce lieu de culte, avait été la scène de nombreux récits à la fois, mystérieux, religieux, mystiques, ésotériques et surréalistes. Y avait-il une relation entre cet endroit énigmatique, les légendes de la montagne et ce dont nous avions été témoins ?

A la recherche d'indices dans la montagne en pleine nuit avec notre 4x4.

Nous reprenions la discussion sur le fameux objet et mon père continuait d'essayer de me persuader qu'il s'agissait d'un hélicoptère ou d'une étoile filante. Il continuait son argumentation en s'appuyant sur le fait que nous n'avions rien vu de plus dans la montagne après vingt bonnes minutes de recherche. Il ajoutait aussi, que selon la plupart des récits qu'il avait pu lire, dès qu'une voiture s'approchait d'un ovni, celle-ci cessait de fonctionner immédiatement. Moins de trois minutes après, la radio se coupa et le moteur commença à ralentir jusqu'à ce que la voiture s'arrête totalement, nous laissant même sans lumière. Mon cœur cessa de battre quelques instants avant que mon pouls s'accélère brusquement sous l'emprise de la peur et de la surprise.

Que se passait-il ? Qu'allions nous faire sans voiture ? Est-ce qu'on nous avait stoppés volontairement pour nous kidnapper ? Je me demandais s'il était plus raisonnable de sortir de la voiture ou de rester à l'intérieur. Étions-nous piégés et à la merci d'êtres venus d'un autre monde ?

Mon père s'extirpait de la voiture en grognant de mécontentement après avoir vérifié qu'il était impossible de redémarrer et qu'absolument rien de fonctionnait. Mon père disparut immédiatement dans la

ténébreuse obscurité. Je ne voyais strictement rien autour de moi tant la montagne était sombre et tellement les vitres de la voiture étaient poussiéreuses. Je préférais encore sortir de la voiture plutôt que d'y rester. Je pouvais à peine ouvrir la porte à cause des hauts buissons qui nous entouraient. A gauche, juste au bord de la voiture, un petit précipice abrupte. De mon côté, de denses buissons au milieu des jeunes pins m'empêchaient de me frayer facilement un chemin. Je pris ma hache et la lampe, et je m'extirpai de la voiture à mon tour. Je fis le tour de la voiture et je rejoignis mon père qui, par chance, était encore là avec sa petite lampe. Nous nous adaptions à la pénombre et peu à peu nous commencions à mieux discerner ce qui nous entourait. D'énormes rochers par ici, des buissons touffus de deux mètres par-là, le début d'une petite pinède, des pierres entre les mimosas sauvages, de la bruyère, quelques châtaigniers au loin...

Sincèrement, il pouvait y avoir une assemblée réunie en silence à quelques mètres de nous que nous ne la verrions pas. L'obscurité de la nuit était accentuée par la dense végétation sauvage et les grands rochers parsemés ici et là. Les bruits étaient variés et s'entremêlaient comme une lugubre symphonie. On pouvait entendre les arbres grincer sous le poids cette

pesante atmosphère, les feuilles crisser comme pour nous avertir du triste sort qui nous attend et le ruisseau murmurer comme s'il proférait une malédiction. Les insectes qui psalmodiaient sinistrement étaient accompagnés par le vent qui amenait jusqu'à nous d'étranges sons lointains… Tout était suspect mais toujours aucune preuve n'apparaissait. En toute franchise, il ne s'agissait pas du lieu que j'aurais choisi pour approfondir nos recherches tout en étant à l'abri. L'endroit, dans ce contexte, me paraissait sordide et je ne voyais pas d'issue possible en cas de problème, encore moins sans voiture.

Le véhicule ne fonctionnait toujours pas. Pas de radio, pas de lumière, pas de moteur… Mon père avait-il raison ? La panne de la voiture était-elle due à la possible proximité du mystérieux objet ? Notre vue s'adaptait peu à peu à la nuit et j'avais la sensation que quelque chose nous observait de tous les côtés même si rien de bougeait. Nous ne pouvions même pas nous éloigner de la voiture sans que ce soit par la route ensablée puisqu'il n'y avait aucun autre chemin ou sentier praticable.

Après quelques minutes, sans indice d'évènement étrange, mon père essaya à nouveau de démarrer la voiture. A peine avait-il mis la clé sur le contact que les phares et la radio se remirent en marche. La voiture démarra au quart de tour et immédiatement nous entendîmes le ronronnement du moteur. Je laissai échapper un grand soupir de soulagement et je m'engouffrai rapidement dans le véhicule. Je n'avais vraiment aucune envie de rester ici plus longtemps. C'était comme si quelque chose avait stoppé la voiture afin de pouvoir nous observer de plus près. Après avoir jugé (sur de bons critères) que nous n'étions en rien une menace, "quelqu'un" semblait alors avoir décidé de nous laisser repartir.

Nous reprîmes la route sans rien voir de plus et sans nous arrêter jusqu'au Moulin. J'étais absolument convaincu que quelque chose se préparait dans la montagne. Je mourais d'envie de savoir mais je n'étais pas suffisamment courageux pour faire ce que mon imprévisible père allait nous proposer.

Il était tard, près d'une heure du matin peut-être. Au Moulin, ceux que nous avions laissés seuls, nous accueillirent chaleureusement avec un sentiment de soulagement. Bien qu'ayant été privés de dessert, il était évident que personne n'avait plus faim et que les bergers, tout comme les deux frères, attendaient avec impatience de pouvoir retourner chez eux. Avec le peu de logique qui me restait, je me rendais compte que nous allions devoir passer un sale moment. Nous devions ramener nos invités chez eux, il n'y avait qu'une voiture et nous étions neufs... deux vivaient tout en bas au village et deux tout en haut dans la montagne. Nous allions devoir rester sans la protection de mon rude et stoïque père, au moins quarante-cinq minutes, pour qu'il raccompagne nos invités.

IV. L'ATTENTE ANGOISSANTE

Sans aucun enthousiasme, nous dîmes rapidement au revoir à nos invités. Baltazar prit son très cher béret qui pouvait bien avoir plusieurs décennies et nous salua en grommelant sans articuler, comme à son habitude. Maria Dos Anjos, souriante comme toujours, m'embrassa fortement avec ses deux bonnes joues ridées par des années de dur labeur dans les champs. José Manuel et son frère nous remercièrent et se dirigèrent vers la voiture en rallant gentiment à cause de l'heure tardive. La voiture démarra et, quelques secondes plus tard, elle disparut dans l'obscurité de la forêt. Nous étions désormais seuls au Moulin, ma mère, ma sœur, mon cousin et moi accompagnés de Mélodie notre fidèle chienne.

Je me souviens encore parfaitement de tous les détails de cette attente angoissante. Les travaux de la maison étaient bien loin d'être terminés. La pièce la plus apte à nous offrir une protection contre une éventuelle visite, amicale ou non, était le salon où nous avions diné. La description était très simple. Quatre murs, un plafond et un escalier qui donnait directement sur ce qui serait un jour le premier étage. Sur le pan de mur de droite, une petite lucarne. En face, l'ouverture béante dans le mur qui correspondait à la grande fenêtre double sans verre ni montant. A l'extrême gauche de ce même mur, l'encadrement de porte, sans porte. A notre gauche, dans l'angle avec le mur contre lequel nous étions appuyés, l'escalier qui montait au premier étage, encore sans murs. Le mobilier se résumait à une grande table, dix chaises en plastique, deux meubles rustiques fabriqués par mon père, les deux grandes roues en pierre du moulin, reliques du passé, et deux tristes ampoules électriques qui pendaient du plafond.

Comme lors de l'attente d'une fin imminente et terrible, nous prîmes tous place dos au mur, face à la terrifiante fenêtre d'un noir intense. Maintenant que j'y repense, la scène ressemblait à un surréaliste et cocasse peloton d'exécution. Chacun d'entre nous avait pris son arme. Ma mère, une vieille fourche rouillée, mon cousin une masse dans le genre de celle de Thor, ma sœur, un vieux manche à balai, et moi, une petite hache. Chacun surveillait une zone. Ma sœur était responsable de la petite lucarne par laquelle personne ne pouvait raisonnablement entrer. Mon cousin ne quittait pas des yeux l'escalier qui menait à l'étage et donnait accès direct à la montagne. Ma mère supervisait l'entrée sans porte et je contrôlais la fameuse grande fenêtre.

Mon cousin, ma sœur, ma mère et moi dans le moulin attendant le retour de mon père.

Il devait rester moins d'une heure d'autonomie au générateur à essence. L'intensité de la lumière entamait son inéluctable diminution et nous commencions à imaginer ce que serait bientôt la situation en pleine obscurité. Le pire des scénarios traversait nos esprits. Chacun d'entre nous élaborait sa propre version, avec ses détails les plus horribles. A tout moment pouvait apparaitre un être grisâtre, tout maigre, possédant une tête énorme, ou encore une créature horrible et sans pitié. J'imaginais déjà voir passer par l'encadrement de la fenêtre les personnages de Star Wars ou d'Alien ; pas les sympathiques ou séduisants héros, mais bien les créatures répugnantes, terrifiantes et malintentionnées du côté obscur. La tension et la peur étaient intenses. Ma petite sœur, qui tombait de sommeil, se maintenait éveillée uniquement grâce à l'angoisse de s'endormir et de se retrouver à la merci de ces voyageurs d'autres galaxies. Je vous l'assure, la peur nous avait envahis. Nous étions terrifiés. Cette fois, nous étions complètement isolés, plus d'une demi-heure de forêt dense nous séparait du village, sans voiture et nulle part où nous enfermer pour nous protéger. De plus, nous savions qu'il ne nous restait que quelques minutes de faible lumière. En y pensant bien, il me paraissait ridicule de vouloir faire face à une quelconque attaque, armé d'une misérable hache tout ébréchée, mais nous n'avions rien de mieux. Nous devions simplement tenir bon, le temps que mon père revienne pour nous emmener loin d'ici.

L'attente semblait interminable et j'avais déjà mal au cou et aux bras à cause de la crispation due à la tension. Soudain, les deux pauvres ampoules qui nous éclairaient commencèrent à clignoter en perdant de l'intensité. Au même moment, le bruit du générateur indiquait qu'il ne lui restait que peu de puissance. L'électricité nous abandonnait !

Plus d'essence, plus d'électricité ! Obscurité cruelle ! Une terrible angoisse nous envahit dès la première seconde. Ma sœur commença à pleurer et ma mère terrifiée la consolait difficilement. Je sentais les battements de mon cœur s'accélérer et je commençais à perdre mon souffle. Mon ouïe se décuplait pour compenser le manque de vision et ainsi obtenir de précieuses informations à partir du moindre bruit ou mouvement autour de nous. Noir absolu. Je ne savais même pas si j'avais les yeux ouverts ou fermés. Jamais auparavant je n'avais ressenti cette sensation mélangée à une profonde angoisse. Toutes sortes d'étranges bruits émanaient de la montagne mais aucun ne pouvait être clairement identifié. Le son de la proche rivière transformait l'acoustique et camouflait tout ce que nous pouvions écouter. Impossible de discerner avec certitude un bruit lointain porté par le vent et le son de pas à quelques mètres de nous. Ma mère et moi avions une petite lampe de poche mais nous préférions les utiliser uniquement en cas d'urgence. Nous étions aussi, de cette manière, moins visibles pour ce qui pouvait être à l'extérieur. Cette nuit-là, la présence de couleuvres ou de sangliers était bien le dernier de nos soucis. Seules quelques minutes s'étaient écoulées depuis la coupure électrique, mais nous commencions à avoir la sensation que quelque chose nous observait. Une forte odeur se fit soudain sentir et nous eûmes l'impression que quelque chose se déplaçait, pas très loin de nous. Nous nous regroupâmes encore un peu plus sans dire un mot. Ma mère tremblait et j'étais incapable de cligner des yeux, tant je me refusais de quitter du regard ce qui semblait s'approcher de la porte d'entrée. La tension était à son paroxysme et au fur et à mesure que des pas semblaient s'approcher, ma main serrait de plus en plus fort le manche de ma hache. D'un seul coup, une lumière ! Un faible faisceau lumineux venait de balayer rapidement la montagne en face de nous ! Ils sont là, pensai-je. Savent-ils où nous sommes ? Sont-ils nombreux ? Grands ou petits ? Nous tueront-ils ou bien nous enlèveront-ils pour faire des expériences sur nous ?

Nous allions bientôt avoir des réponses à ces questions… quelques instants après, une ombre pénétra dans la maison accompagnée d'un grognement…je ne savais pas si j'allais m'évanouir, ou bien lui assener un coup de hache.

Contre toute attente, il s'agissait de mon père qui venait d'entrer par la porte.

- *"Bon sang ! Mais qu'est-ce que vous faites tous dans le noir !?"* Dit-il, éberlué.

Bien sûr, c'était mon père ! Pris d'émotion par la peur qui nous avait envahis, nous avions même oublié la raison pour laquelle nous étions là. Nous n'avions pas non plus été capables d'identifier l'odeur de chèvre que la voiture ramenait systématiquement lorsque nous passions près de l'étable des bergers.

Nous étions enfin sauvés. Mon rude père était finalement là pour nous protéger et surtout pour nous emmener au village en voiture.

Quel soulagement ! Nous nous sentions comme libérés d'une dure pénitence. Avec l'arrivée de mon père, les évènements prenaient un autre tournant. Rien ne semblait plus être belliqueux aux alentours, et de plus, nous avions un véhicule en état de fonctionnement pour nous échapper. Toutefois, mon père avait une autre idée derrière la tête. Il nous semblait tellement évident que dormir au village était l'unique option envisageable, que nous n'imaginions même pas que mon père eût une autre alternative à l'esprit. Il était fatigué et n'avait même pas pensé à aller passer la nuit dans un autre endroit. Dormir sous les tentes sur notre terrain sans clôtures était pour lui la chose la plus évidente et naturelle du monde.

Ma mère explosa de rire quand mon père nous dît qu'il était tard et qu'il nous envoya à nos tentes pour dormir. Ma mère répondit, le sourire aux lèvres, que ce n'était pas le moment de plaisanter avec les enfants. Incrédule, mon père répliqua, qu'il ne s'agissait pas d'une plaisanterie. Effectivement, sa réponse n'était absolument pas une blague. Mes parents entamèrent alors une vive dispute. Ma sœur pleurait à nouveau, mon cousin suppliait son oncle de ne pas faire cela tandis que ma mère argumentait au mieux pour convaincre le chef de famille de nous emmener au village.

Finalement, entre pleurs, ronchonnements et soulagement, nous finîmes par prendre le chemin du village pour y passer le reste de la nuit.

V. LES SIGNAUX

Arrivés au village, nous étions enfin définitivement sauvés, protégés par les avantages de la civilisation. Peu importait que ce village rustique de montagne ne comptât qu'une poignée d'habitants. C'était suffisant pour nous rassurer. Il y avait des gens. Même si la plupart d'entre eux étaient de vieilles veuves arthritiques, en plein sommeil, l'important était de se sentir entourés. Ici, il y avait de l'électricité, le camping-car nous offrait un endroit doté de portes et de serrures pour passer la nuit et c'était plus que suffisant.

Comme je me sentais loin de tout péril dans le village, je commençai à nouveau à percevoir l'appel de la curiosité. Et si je voyais quelque chose ? J'avais un meilleur angle de vue sur la montagne depuis la butte du château. De plus, la grande obscurité de la montagne me permettait d'observer parfaitement toute source de lumière venant du ciel ou de la montagne. Alors que mes parents, ma sœur et mon cousin allaient se coucher, je décidai, comme un faux courageux, de rester dehors au pied du château pour faire le guet. Il était bientôt deux heures du matin, pas un bruit, pas un mouvement… Silence total, jusqu'à ce que je commence à entendre le son d'un véhicule qui approchait. Un quad !!?? C'était la première fois que j'en voyais un. Ce n'était pas fréquent et encore moins dans le département le plus humble du Portugal dans les années quatre-vingt-dix. Mais que pouvait bien faire cet homme stationnant un quad à deux heures du matin près des ruines du château ?

L'homme du quad dans les ruines du château faisant des signaux à deux heures du matin.

Je ne savais pas si cet homme m'avait vu ou pas, mais je ne perdais rien du moindre de ses mouvements. Il portait un sac à dos avec quelque chose dedans. Juste après avoir regardé sa montre, l'homme se dirigea vers la tour en ruine du château et monta jusqu'au point le plus haut de la petite forteresse. Arrivé au sommet, il sortit de son sac à dos une lampe torche comme je n'avais jamais vue. Le verre devait mesurer environ quarante centimètres de diamètre et la lampe s'empoignait comme un pistolet. Soudain, la cloche de l'église sonna deux coups pour indiquer l'heure. Au même moment, l'individu commença à effectuer des signaux lumineux avec sa lampe de longue distance en direction du ciel et de l'autre montagne, qui se trouvait à environ soixante kilomètres de là, vers Monsanto. J'hallucinais. Que pouvait bien faire cet homme ? Plus grande encore fut ma surprise lorsque je vis qu'au loin, dans les montagnes de Monsanto, apparaissaient des lumières clignotantes, comme s'il s'agissait d'un code pour communiquer. L'homme devant moi alternait la direction des signaux entre le ciel et la montagne au loin. Le mystérieux individu ne resta pas plus de trois ou quatre minutes. Je restais perplexe quelques secondes en me demandant si ce que j'étais en train de voir n'était pas le fruit de mon imagination, mais tout était bien réel. Juste avant que cet homme ne remontât sur son étrange moyen de transport, je réveillai mon père pour qu'il voie lui aussi cette scène quelque peu surréaliste. Encore sous l'emprise du sommeil, mon père mit un peu de temps à sortir du camping-car, ce qui ne lui laissa que quelques instants pour pouvoir l'identifier avant que l'homme ne mette son casque. Cet homme était le fils du fameux Americo, à propos duquel on racontait de curieuses histoires sur des extraterrestres au village.

Une chose était sure, quelque chose d'anormal était en train de se dérouler et nous n'étions pas les seuls à être au courant. Mon père, encore un peu confus au vu des évènements, arrivait cependant à la même conclusion. Il s'habilla rapidement pendant que son esprit, d'une logique souvent difficile à suivre, élaborait un plan.

- *"Allez, dépêche-toi ! Prends ton oreiller et réveille ta mère !"* Me dit-il d'un ton décidé.

Mais, quelle mouche avait piqué mon père ? Pensai-je.

Mon père prit la carabine, vérifia que le pistolet était bien dans sa vieille besace verte et mit le tout dans la voiture.

- *"Allez, dépêche-toi !! On va dormir au Moulin."* Annonça-t-il plein d'enthousiasme et pensant qu'il allait égailler la nuit.

Immédiatement je me rendis compte qu'il avait dit ça très sérieusement. Mon père n'était pas vraiment un grand blagueur...

Ma mère avait compris la situation mais restait couchée comme si elle ne s'était réveillée à aucun moment. Mon cousin et ma sœur, eux, dormaient profondément. Il ne restait plus que moi pour décourager mon père et lui ôter cette idée farfelue de la tête. Afin de me convaincre, l'argumentation de mon père était très simple et pragmatique. Il semblait évident que nous étions en plein milieu d'un évènement surréaliste et paranormal dont l'épicentre se trouvait dans la montagne. Par conséquent, le lieu privilégié pour s'assurer de tout était en pleine montagne. Retourner au Moulin pour y passer la nuit était l'option parfaite. Un plan remarquable.

Voyant que son idée géniale ne semblait pas me transcender, ni même éveiller la curiosité de ma mère, il me prit d'homme à homme pour m'exposer son argumentation la plus convaincante. Comme à un enfant à qui on s'adresse en sachant d'avance que le

pacte sera accepté en quatre mots et avec deux paquets de bonbons, mon père me dit :

- " Fiston, si tu veux, on n'y va que tous les deux. Ça sera notre secret. Aujourd'hui nous avons la possibilité unique de voir et de rencontrer ce que peu de gens ont vu. "

Je n'arrivais pas à croire que mon père puisse être capable de me proposer un plan aussi "génial et tentant", et penser que j'allais accepter avec des larmes de joie.

Mon absence de courage avait presque déshonoré mon père ce soir-là. Je pris la peine de lui expliquer que depuis le village, nous avions une vue panoramique, une meilleure perspective, plus de temps pour faire des photos et qu'en plus, retourner dans la montagne pourrait éveiller les soupçons et ainsi anéantir ce projet magnifique. Mon père me lança un regard foudroyant que je ne pourrai jamais oublier. Enervé et déçu, il prit son oreiller et sans plus un mot s'engouffra dans la voiture avec la vieille chienne, toujours fidèle au poste.

Les évènements surpassaient à chaque moment la compréhension, la logique et le bon sens. Je vis mon père partir seul dans la montagne à la recherche de contact avec les extraterrestres. Je visualise encore parfaitement comment on devinait dans la nuit les lumières de la voiture montant dans la montagne noire comme le charbon. Les deux lumières rouges des feux arrière étaient parfois accompagnées du faible faisceau de lumière des phares avant. Au fur et à mesure qu'il grimpait ces chemins sinueux, les lumières se faisaient de plus en plus petites et disparaissaient chaque fois que la voiture pénétrait dans une portion de forêt plus dense.

Pratiquement une heure s'était écoulée sans que je vis aucune lumière, ni aucun mouvement étrange dans la montagne. Je décidai d'aller dormir, mort de fatigue tout en pensant à ce qu'il pourrait bien arriver à mon père. Il était presque quatre heures du matin et je n'avais rien vu de plus dans la montagne. J'imaginais donc que rien n'arriverait à mon père. Même si son attitude me paraissait un peu folle, je dois bien avouer que mon père était également d'un courage déconcertant.

VI.   PAPA ?! RACONTE-NOUS !

A huit heures du matin, mon intrépide père nous attendait déjà devant la porte du camping-car.

- *"Allez, dépêchez-vous. A neuf heures José Maria et José Manuel doivent être au Moulin pour les travaux."* annonça mon père pressé par le temps.

Même pas un "bonjour" ou un "comment ça va". A peine arrivé, et déjà en train de nous hâter pour aller travailler. Au moins, il était vivant, pensai-je.

- *"Comment s'est déroulée la nuit d'hier ? Tout s'est bien passé ? Tu as vu quelque chose ?"* demanda ma mère.

- *"Ouais..."* répondit mon père, sans plus, d'un ton énigmatique.

Comme bien souvent, lorsque mon père avait quelque chose d'intéressant à raconter, il faisait en sorte de laisser en suspens les réponses et de se faire désirer jusqu'à ce que l'on insiste plusieurs fois en le questionnant.

- *"Mais enfin Carlos, il s'est passé quelque chose ou pas ?"* demanda ma mère.

- *"Hummm..., ouais..., peut-être..."* répliqua lentement mon père d'un ton intrigant.

- *"Bon ! Ça suffit ! Tu vas enfin nous raconter ce qui s'est passé ?!"* lança ma mère irritée.

Mon père commença alors à nous conter son expérience de la nuit passée au Moulin.

Dès son arrivée au Moulin en pleine nuit, il était resté un moment assis sur la balançoire en observant les étoiles avec la chienne Mélodie à ses côtés, et la carabine chargée. Déçu qu'il ne se passât rien, il finit par aller se coucher dans la tente en prenant soin de préparer son artillerie. Pour dormir il avait à ses côtés, une machette qu'il avait lui-même fabriqué, le revolver (d'une seule cartouche) et une carabine de tir. Peu de temps lui fut nécessaire pour trouver le sommeil et tout paraissait indiquer qu'il passerait une nuit tranquille.

Peut-être une demi-heure s'était écoulée, quand un bruit sourd le réveilla soudainement. Il entendit clairement un bruit qu'il identifia comme les pas de quelqu'un, ou comme quelque chose heurtant le sol. Il fixa alors son attention sur tous les bruits aux alentours pour déterminer exactement leur provenance. Quelque chose descendait au jardin en direction de sa tente. Le bruit indubitable de cette marche bancale dans l'escalier de jardin. Immédiatement, il empoigna son pistolet, le chargea lentement, en silence, et attendit. Un deuxième bruit du même genre, mais cette fois plus proche de la tente se fit entendre. Cette fois, mon père se sentit en situation de possible danger et appuya sur la gâchette avec le pistolet dirigé vers le ciel. Rapidement il rechargea le revolver qui ne disposait que d'une seule cartouche et saisit sa machette de l'autre main. Plus rien ne bougeait. Pas un bruit. L'odeur de poudre était la seule chose qui semblait avoir changé dans la situation. Le puissant bruit de la déflagration avait laissé mon père sourd quelques instants. Il resta immobile quelques secondes jusqu'à ce que bougent les feuilles du pommier. Il appuya une deuxième fois sur la gâchette du pistolet et sortit de la tente en bondissant, tenant la machette d'une main et la carabine de l'autre, tel un agent des forces spéciales. Un peu étourdi et désorienté après s'être levé si rapidement et sans repères visuels en raison de l'obscurité, il ne vit rien près de lui. Il avait beau observer scrupuleusement autour de lui, il n'y avait aucune trace de quoi que ce soit. Subitement, juste derrière lui, une branche du pommier bougea et mon père entendit le même bruit sourd qui l'avait réveillé. Il se retourna alors en brandissant la machette et se rendit compte à ce moment que tout cela n'était que de simples pommes qui tombaient de l'arbre...

Toute cette tension et cette adrénaline pour de misérables pommes. En regardant la tente de camping, un sourire lui échappa. Deux trous béants décoraient la partie supérieure de la tente, comme des cicatrices de guerre. Un peu déçu, mais fier de ses capacités de survie, mon père décida de s'assoir sur la balançoire pour voir le jour se lever.

Dès les premiers rayons de soleil, il partit faire un tour dans la montagne et rencontra un des bergers que les gens du village appelaient le "sorcier". Ce septuagénaire de petite stature semblait sorti d'un roman rocambolesque. Son visage, qui avait été sculpté par les dures années de travail en plein soleil, ainsi que son regard profond et arrogant imposaient un respect bien mérité. Petit mais robuste, il avait une grosse tête et les cheveux blancs. Il était toujours accompagné de son vieux bâton qu'il avait certainement taillé lui-même des décennies auparavant.

- *"Eeeeeeehhhhh !!"* grommela le berger.

- *"Oooohhhhh !!"* répondit mon père d'un ton viril.

A la mode de la montagne, ils se saluèrent ainsi et la discussion débuta. Sans que mon père n'ait donné aucune information sur ce qui s'était passé la nuit précédente, le berger commença à lui parler de la lumière qui avait traversé le ciel au début de la nuit. Lui aussi l'avait vue. Mon père, incrédule, fit en sorte que l'homme dévoilât tout ce qu'il savait à ce sujet. Comment était-il possible que la première personne qu'il rencontrait sur son chemin eût également été témoin du phénomène ?

Ils restèrent un bon moment à discuter et le "sorcier" expliqua à mon père qu'il s'agissait de ces "gens qui viennent de très loin" et qu'ils allaient tout en haut dans la montagne au pic, encore appelé "a Pehna", où se trouve la petite grotte. Pratiquement tous les villageois avaient, au moins une fois dans leur vie, vécu une expérience visuelle comme celle du jour précédent. Bien au-delà de ce qui s'était passé la veille, le berger raconta à mon père une autre anecdote. Etant jeune, il fut témoin d'une rencontre dans la montagne encore plus marquante. Il évoqua ce qu'il décrivit simplement comme une "boite de métal volante de laquelle sortirent des pattes pour se poser dans la montagne." "Après être resté quelques minutes immobile à une cinquantaine de mètres, l'objet décolla et disparut à une vitesse incroyable".

Mon père avait du mal à croire ce qu'il était en train d'entendre. Cet homme n'était pas vraiment connu pour ses dons d'acteur. Pour quelle raison inventerait-il une telle histoire ? Personnellement, je ne sais pas jusqu'à quel point l'imagination du "sorcier" pouvait échafauder un tel scénario. La crédibilité de son récit était très relative puisque nous savions peu de choses de ce berger à la retraite. Il était très curieux de voir à quel point cet homme, peu bavard, avait en seulement quelques minutes raconté plus de choses à mon père que depuis toutes les années que nous le connaissions. L'histoire de cet attachant berger avait au moins eu le mérite de nous déconcerter au moment le plus inattendu.

A peine eut-il terminé son histoire que le chien de notre homme commença à japper et le sorcier s'en-alla vers lui en ronchonnant et en agitant son bâton. Sans même dire au revoir à mon père, il disparut au milieu de son champ de maïs. Ainsi se termina la réunion improvisée, et mon père fit demi-tour vers la voiture pour nous rejoindre au village.

Finalement, en ce qui concerne la nuit d'avant, nous continuions sans savoir exactement ce qui s'était passé, bien que les anecdotes ne cessèrent d'alimenter nos discussions. Nous avions la certitude, de plus en plus ferme, que ce que nous avions vu n'était pas de ce monde. La situation étrange avec le type du quad lançant des signaux vers le ciel à deux heures du matin, l'histoire du "sorcier" et le témoignage de plusieurs villageois qui avaient également vu l'ovni corroboraient cette théorie. Cependant, tout cela n'était pas suffisant, nous voulions en savoir plus sur cette histoire inachevée. Nous avions vécu un moment d'épouvante et de grande tension et nous ne voulions à aucun prix le vivre à nouveau. Toutefois la frustration de ne pas pouvoir identifier ce que nous avions vu prenait le dessus sur nos peurs et nos inquiétudes. Qu'allait-il bien se passer pour nous les nuits à venir ? La situation se répéterait-elle ? Y avait-il des raisons justifiant fuir de la montagne et de nous éloigner de tout cela ? Ou bien encore, les ovnis étaient-ils établis dans la montagne depuis toujours comme certains l'affirmaient ?

Nous restions avec l'amère sensation d'avoir vécu une incroyable histoire sans arriver à dévoiler son passionnant dénouement. Tout en rêvant, je pensai que j'avais été sur le point de faire la lumière sur un mystère qui dépassait l'entendement et les fondements de la société dans laquelle nous vivions.

Peut-être devrais-je me contenter de l'idée d'un simple souvenir anecdotique et ne plus divaguer au sujet de ce que nous avions vu et que nous ne pourrions jamais plus élucider.

Lorsque mon père termina de nous raconter sa nuit et sa rencontre avec le berger, nous grimpâmes dans la voiture et nous montâmes jusqu'au Moulin afin de continuer les travaux. Malgré l'accumulation des indices portant à croire que cette histoire relevait du domaine paranormal, mon père désirait retrouver la routine et dormir à nouveau sous les tentes.

Au bout de vingt minutes de montées escarpées, par les chemins de terre et de sable, nous fûmes à nouveau au Moulin. Les sacs de ciment et la chaleur accablante nous attendaient, tout comme les pierres de granite taillées qui m'abimaient les mains jusqu'à effacer toute empreinte digitale. Nous profitions également de la partie de la rivière que nous avions aménagée en piscine naturelle, ou encore de la table de ping-pong, du baby-foot, des raquettes de badminton et aussi des éclats de rires partagés avec José Maria et José Manuel.

Avec la ponctualité qui les caractérisait, José Maria et son frère arrivèrent à onze heures précises, c'est-à-dire deux heures plus tard que l'heure prévue. Cela faisait des années que nous suivions ce rythme et que nous comptions sur ce retard quotidien. Ils devaient donner à manger aux vaches, aux chèvres, aux cochons, aux poules, à l'âne, arroser les champs…mon père et moi avions déjà mis la bétonnière en marche, les outils étaient préparés et nous avancions dans les petits travaux. Après un salut rural, ils se joignirent aux travaux jusqu'à deux ou trois heures de l'après-midi sans s'arrêter. Nous évoquâmes à peine la nuit passée et mon père ne fit pas même un résumé de tout ce qui s'était déroulé après les avoir laissés chez eux après le repas. Ils n'étaient pas du genre à s'inquiéter, et encore moins pour des choses qui ne les touchaient pas directement.

Les heures passaient et la nuit s'approchait. Ma mère tenait absolument à ce que nous soyons de retour au village avant la tombée de la nuit. Nous étions retournés sur le lieu du "crime" pour faire avancer les travaux et c'était déjà beaucoup ! A contrecœur, mon père avait accepté la requête de ma mère. Pendant les cinq jours qui restaient, nous irions dormir au village dans le camping-car près du château au lieu des tentes

dans la montagne. Cette décision allait ralentir considérablement les travaux puisque nous passerions moins de temps sur la construction en raison des allers et retours entre le Moulin et le village chaque jour. De plus, nous devrions modifier l'organisation des repas. Tout ceci nous ferait également accumuler beaucoup de fatigue.

La succession de tous ces étranges évènements avait eu un impact psychologique terrible sur ma mère. Le simple fait de penser à la montagne de nuit provoquait en elle une grande panique et lui donnait des nausées. Elle ne trouvait plus le sommeil et elle imaginait déjà une possible invasion extraterrestre au village.

Finalement, deux jours après l'incident, mes parents décidèrent de retourner à Paris. A ce rythme, les travaux n'avanceraient pas beaucoup plus, avec les cinq jours de vacances qu'il nous restait.

Nous rentrâmes à Paris avec bien des choses à raconter sur nos vacances et notre habituel repas d'arrivée avec ma grand-mère dura plus qu'à l'ordinaire. Mamie Lili, comme toujours, nous accueillit avec impatience et un sourire aux lèvres car elle savait que nous aurions des histoires insolites à raconter. Roues crevées, remorque perdue à mi-chemin, clés oubliées ou carte d'identité perdue étaient monnaie courante. Toutefois, cette année remporterait la palme. Même si ma grand-mère ne croyait pas beaucoup à ces thèmes paranormaux, l'aventure que nous avions vécue cet été la captiva un moment et lui permit de passer une agréable soirée en notre compagnie.

VII. LA VISITE

Six mois plus tard, en Février, nous nous rendîmes au Moulin pour deux semaines. Les cicatrices de l'été passé s'étaient résorbées et le temps avait remis les choses à leur place. Pendant cette période, rien de particulier ne semblait s'être déroulé dans la montagne. Aucune invasion extraterrestre, pas de campement d'Aliens, aucun disparu…nous avions simplement été les chanceux ou les malchanceux d'un jour.

Cette fois, nous arrivâmes au village dans d'autres circonstances. Il faisait froid, les jours seraient courts et mon cousin n'était venu avec nous. Le village était désert car seuls les trente ou quarante véritables habitants y restaient en hiver. De plus, une des conditions qu'avait imposée ma mère pour retourner au Moulin, était de dormir au village dans le camping-car et non pas sous les tentes dans la montagne.

Avec moins d'entrain que d'ordinaire, nous portâmes notre premier regard sur la montagne avec hésitation et la vue de celle-ci ne réveilla pas l'allégresse habituelle. Cependant, la beauté du lieu et l'idée d'avancer dans les travaux du Moulin nous redonnaient du baume au cœur. Les stigmates de ce que nous avions enduré six mois auparavant ressurgissaient du passé. La

possibilité de revivre une situation similaire, ou pire encore, conservait une petite place dans notre imagination. De même, nous savions que dès l'arrivée de la nuit, la perception des choses changerait. Mais, y-avait-il de réelles raisons pour justifier nos craintes ? Sincèrement, quelle était la probabilité que quelque chose de semblable se passât à nouveau ? S'il était déjà difficile d'être, une fois, témoin d'un phénomène aussi inexplicable, quelle était la possibilité qu'un même individu vécût une seconde fois une expérience de cet ordre ? Si nous y pensions froidement, cette probabilité tendait vers le zéro absolu.

Pendant quatre jours, nous montâmes et nous descendîmes de la montagne au village plusieurs fois par jour afin de pouvoir passer la nuit dans le camping-car, entourés de nos aimables villageois. La nuit tombait tôt et nous perdions de précieuses heures de travail à cause de la décision de ne pas dormir sous les tentes dans la montagne. Après avoir mis en balance le faible rythme des travaux et la fatigue des nombreux allers-retours quotidiens, mon père prit la décision irrévocable de dormir tous à nouveau dans les tentes. Le verdict retentit, telle la sentence d'une condamnation à mort collective.

Incrédule et terrorisé, je me demandais comment il était possible que mon père eût si peu de pitié. Comment était-il capable de livrer sa propre famille à des êtres venus d'autres mondes pour réaliser leurs terribles expériences ? La vie ne nous traitait pas avec justice ! Je n'aurais jamais mes dix-huit ans, ni mon bac ! Ma mère plongea dans un profond désarroi mais savait que la décision était irrévocable.

Nous commençâmes alors à lever le campement et à installer les tentes de camping, à contrecœur sur nos terres dans la montagne. Je dormirais avec Mélodie, ma chienne toujours aussi fidèle, lors de ces nuits froides de fin d'hiver de montagne.

La première nuit fut interminable. Je passai celle-ci à espérer l'arrivée de la lumière de l'aurore, sans fermer l'œil. Je développai une capacité auditive qui n'avait pour égale que mon imagination. J'analysais les milliers de bruits que m'offrait le crépuscule de la nuit : Serait-ce une chouette ou bien des extraterrestres complotant ? Le bouillonnement de la rivière ou encore des êtres venus d'ailleurs s'hydratant ? Le chant lointain de quelques cigales ou l'atterrissage d'un vaisseau spatial… ? Les serpents, les scorpions, les sangliers ou autres blaireaux n'étaient plus des menaces et la hache sous mon oreiller était, cette fois, bien affutée.

Une nuit sans dormir, puis deux. Les journées de travail devenaient dures, ainsi, lors de la troisième nuit le sommeil m'emporta vers trois ou quatre heures du matin. La fatigue remporta la bataille. De plus, il n'y avait aucun indice qui put laisser croire que quelque chose pouvait arriver. Lors de la quatrième nuit, extenué par les travaux de maçonnerie qui m'étaient attribués pendant la journée, le sommeil se fit maitre de mon corps quelques minutes seulement après que je me fus couché. Il ne se passait rien et rien ne se passerait, c'était impossible. Aucun extraterrestre ne résidait là et nos vacances ne coïncideraient pas deux fois avec leur venue. Ce ne serait vraiment pas chance, pensai-je.

Mon père était très content de l'avancement les travaux. Neufs jours au Portugal s'étaient écoulés et la décision de dormir sous les tentes était un succès. Il dormait comme un loir depuis le premier jour et se reposait suffisamment pour attaquer chaque jour avec force. Je commençais à me convaincre que, malgré tout, mon père si têtu avait raison.

Cette nuit-là, je m'enveloppai dans mon sac de couchage comme une chenille. Je vérifiai que la hache était bien à sa place sous l'oreiller, que la lampe de poche fonctionnait correctement et que la chienne ne prendrait pas froid. La lampe attachée au poignet par la petite dragonne, je m'assoupis rapidement. La température était basse mais il n'y avait pas de brouillard cette nuit et le ciel était découvert. Vers trois ou quatre heures du matin, un léger vent froid me reveilla et mit fin à ma nuit tranquille. Je tirai sur le bord de mon sac de couchage qui n'arrivait que jusqu'à la moitié du torse, tout en ouvrant les yeux inconsciemment. Soudain, mon sang se glaça, mon cœur cessa de battre, ma respiration se coupa, mes yeux cessèrent de cligner et mes pupilles se dilatèrent jusqu'à leur maximum. Je n'avais plus froid, j'étais pétrifié, totalement paralysé, les poils et les cheveux hérissés par la peur. Je ne sais pas si j'avais arrêté de bouger sous le coup de l'effroi ou s'il s'agissait d'un réflexe de survie, afin que ce qui se trouvait dehors ne me détectât pas. Ils étaient là ! A moins d'un mètre de mes pieds. Nous étions uniquement séparés par la fine toile de tente. Parfaitement collée à ma tente, la lumière d'une lampe totalement ronde éclairait mon visage. Cette lampe, ou source de lumière d'une dizaine de centimètres de diamètre, était tellement proche de la tente que je pouvais voir la toile se bomber sous l'effet de la pression de la lampe, et le

faisceau de lumière dessinait un cercle parfaitement délimité. A peine pouvait-on voir ce qui soutenait la lampe tant celle-ci épousait la toile de la tente, ne laissant pas échapper de lumière vers l'extérieur. Je crois qu'il s'agit des instants les plus traumatisants de ma vie. Bien que je fusse totalement immobile physiquement, tous types de scénarios et de souvenirs entremêlés me passaient par la tête à une vitesse indescriptible. Me voyaient-ils ? Savaient-ils que j'étais réveillé ? Avaient-ils déjà tué mes parents à côté ? Devais-je attendre ou bien les attaquer avec ma hache ? Avaient-ils des cornes, deux têtes, dix yeux, quatre mains, des armes futuristes… ? Je ne sais pas si ce sont seulement quelques secondes qui s'écoulèrent alors ou plusieurs minutes, mais ce moment fut le pire de ma vie et il me parut durer une éternité. J'étais en état de choc émotionnel mais je réussis en partie à garder mon calme.

La lumière traversant la tente et me réveillant en pleine nuit.

Je me retrouvais dans la situation suivante : j'étais dans l'une des régions les plus dépeuplées du Portugal, au cœur d'une montagne où les apparitions d'ovnis étaient fréquentes, à plus de vingt minutes d'un village isolé, dans une tente de camping, à trois heures du matin, et tenu en joue par quelque chose que je ne pouvais pas voir clairement. Qu'est ce qui allait bien pouvoir suivre ?

Sans bouger d'un millimètre, toujours ébloui par la lumière que je recevais en pleine figure, et à la merci de ce qui se trouvait à l'extérieur, j'attendais qu'il se passât quelque chose pour enfin réagir. D'un seul coup, la lampe se quitta de la toile de la tente et se dirigea immédiatement vers le sol sans s'éteindre. On pouvait distinguer une ombre autour de la lumière mais d'aucune manière il était possible de discerner clairement de ce dont il s'agissait.

Mon cœur, qui s'était arrêté quelques instants, commença à battre sans retenue. Il battait si fort que je craignais qu'il ne sorte de ma poitrine et je commençais à ressentir un sentiment d'asphyxie. J'avais du mal à respirer et les battements de mon cœur résonnaient jusque dans ma tête, tranchant avec le profond silence de la nuit. J'attrapai la hache que je gardais sous mon oreiller et, peu de temps après, je reprenais mon souffle tout en épiant la lumière qui se dirigeait désormais vers le fond du jardin. Une autre ombre attendait là, à une vingtaine de mètres, juste au coin du terrain qui se termine en cul-de-sac. Je regardai au travers de la petite ouverture latérale en toile moustiquaire et je me demandai s'il pouvait s'agir de mon père.

- *"Allez, reprends tes esprits, réfléchis et cherche une solution logique aux évènements !"*, pensai-je.

Que pouvait bien faire mon père dehors, à cette heure de la nuit, avec une lampe torche ? Il n'utilisait jamais de lampe la nuit pour ne pas attirer les moustiques. Des voleurs ? Je ne crois pas qu'ils procèdent de cette manière, en regardant à l'intérieur des tentes de camping. De plus, ici, il y avait bien peu à voler et les gens savaient que tout le monde, même nous, possédait un fusil. L'hypothèse des voleurs était vraiment la plus improbable de toutes. Ils n'étaient pas venus en voiture puisqu'il aurait fallu un puissant et bruyant véhicule tout terrain, or, nous n'avions rien entendu. Je ne crois pas non plus qu'ils se soient infligés les quarante minutes de marche qui nous séparaient du village, en pleine nuit, par les chemins escarpés et ce froid horrible. Ensuite, par ici, personne ne venait par hasard et un berger aurait bien d'autres choses plus importantes à faire à cette heure, en plein hiver.

Tout en cogitant, je ne perdais pas de vue les deux ombres. Elles venaient d'éteindre la lampe torche et semblaient discuter dans l'angle au fond du jardin sans issue. Mes yeux s'étaient adaptés à l'obscurité et je pouvais vaguement discerner en gris et noir les silhouettes de ces deux individus. Je décidai alors d'appeler ma mère, sa tente se trouvant beaucoup plus près de moi que les deux ombres de sorte que j'étais certain qu'elle m'entendrait. Je demandai à voix basse à ma mère ce que faisait mon père, dehors, dans le jardin. La question formulée d'une manière détournée n'attendait pas vraiment une réponse au "quoi" mais au "qui" sous-jacent. Cette question mal posée était une manière de me donner du courage en tenant pour acquis que mon père se trouvait dehors dans le jardin. La réponse de ma mère fut la suivante :

- *" Papa... ? Dehors ? Mais, si papa est ici avec moi... !? "*

A cet instant, une fois de plus, mon cœur s'emballa et je sentis comme une décharge d'adrénaline. J'étais fixé sur le fait que rien de sympathique ne nous attendait dehors, même si, d'un autre côté je me sentais revigoré à l'idée de savoir que mon père était à côté et bien vivant. La peur qui m'avait tétanisé quelques minutes auparavant avait cédé la place à un désir incontrôlable de sortir de la tente pour enfin dévoiler le mystère. Il fallait que je sorte, il fallait que je sache !

Mon père se réveilla et me dit :

- *"Ne bouge pas jusqu'à ce que je sorte. Pas un bruit à partir de maintenant."*

Je continuai de surveiller les ombres depuis la petite moustiquaire sur le côté de la tente. Je concentrais toute mon attention sur le bruit des mouvements de mon père pour savoir exactement à quel moment sortir de la tente. Un léger bruit de frottement entre les tissus et je savais qu'il s'extirpait doucement de son sac de couchage. Quelques objets qui s'entrechoquaient légèrement, et j'imaginais mon père prendre le pistolet de sa besace verte et le charger. Un "clic" un peu plus aigüe que celui du mécanisme du pistolet venait du cran de sécurité du fusil pour l'armer. Mon père n'allait pas tarder à être prêt pour l'assaut. Il ne manquait plus que le bruit de la fermeture-éclair de sa tente de camping. Je visualisai mentalement les déplacements de mon père, rampant vers l'ouverture de sa tente. J'étais prêt à jaillir, une main sur la hache et l'autre sur

la languette de la fermeture-éclair. La tension était telle que je n'étais pas sûr de pouvoir attendre mon père pour sortir. J'avais complètement vaincu la peur, et l'envie irrépressible de dévoiler le mystère m'envahissait. Nous étions sur le point de faire la lumière sur cette intrigue. Nous allions enfin élucider toute cette histoire et j'en tremblais d'enthousiasme. Les deux ombres étaient toujours là, à vingt mètres, et elles ne pouvaient pas s'échapper sans que nous les voyions clairement passer devant nous. Une vingtaine de mètres et une simple toile de polyester nous séparaient du dénouement.

Le son ténu de la tirette glissant sur les dents de la fermeture-éclair était le signal : c'était le moment ! A l'instant même où mon père terminait d'ouvrir la tente, un flash de lumière éblouissante nous aveugla comme celui que nous vîmes six mois plus tôt lors de cette fameuse nuit. Un éclat fabuleux, de seulement quelques secondes, accompagna notre irruption hors de nos tentes. Armés de notre courage et d'une excitation incontrôlable, nous sortîmes en allumant les lampes torches. Je ne pouvais pas y croire, c'était impossible…pas la moindre trace de qui que ce fut dans le jardin ! La déception et l'incrédulité surpassaient toute la peur que j'avais pu ressentir.

D'aucune manière il n'était possible de s'échapper sans passer devant nous. Cette partie du jardin était un cul-de-sac bordé, d'un côté par un ravin, et de l'autre par une sorte de petite falaise. C'était littéralement impossible. Moins de trois secondes auparavant, ces deux ombres se trouvaient cantonnées dans cet angle du jardin. Cet angle était formé par un ravin abrupt qui donnait sur la petite rivière dix mètres plus bas et par un mur naturel de roche de six ou sept mètres de haut. Personne n'aurait pu s'échapper, d'aucune façon, ni d'un côté ni de l'autre. J'étais terriblement déçu et perplexe. Mon père n'arrêtait pas de me demander où j'avais vu les silhouettes et la lumière. Je ne cessais de lui répéter les mêmes mots :

- *" Dans l'angle ! J'en suis sûr !"*

Il n'y avait aucun doute sur ce que j'avais vu. La lumière et les deux personnes étaient bien là, quelques secondes plus tôt. Et que pouvait bien être ce puissant flash au moment de sortir des tentes ?

Nous restâmes vingt bonnes minutes à chercher ce que nous n'avons finalement jamais trouvé. Il n'y avait au demeurant guère d'espace à explorer puisqu'il n'y avait aucun endroit où se cacher sur cette partie du terrain. Aucun bruit ne trahissait un quelconque

mouvement ou une preuve de ce que j'avais vu. Mon père fit le tour du jardin et monta jusqu'à la partie haute du terrain qui donnait accès au chemin de la montagne menant au village. Il n'y avait pas non-plus d'indice qui apportait des renseignements sur la présence de quoi que ce fût. Mon père me confirma qu'aucun véhicule n'était venu. Pas de lumière, pas de bruit, pas de poussière dans l'air, pas d'odeur d'essence, pas même une trace d'empreinte sur le sol sablonneux. Ma mère, quant à elle, menait ses recherches avec son inséparable lampe torche rectangulaire, sans trop s'éloigner des tentes, pendant que ma petite sœur continuait de dormir. Ma mère se réconfortait en essayant de se convaincre que j'avais rêvé et que rien de tout cela ne s'était produit. Cette fois, c'était elle qui n'avait pas vu le flash qui nous avait éblouis, mon père et moi.

Tout en cherchant des indices à l'endroit exact où s'étaient évaporés ces deux individus, je me demandais où était la faille dans mon raisonnement. Par ici, presque dix mètres de dénivelé à angle droit qui donnait sur la petite rivière. Même dans un film d'action peu réaliste, un tel saut ne serait pas crédible. Par-là, un mur de roche si abrupt que même un professionnel de l'escalade mettrait quelques minutes pour en venir à bout. Croyez-moi, tout cela dépassait l'entendement mais je l'avais bel et bien vécu.

J'avais beau réfléchir en me remémorant chaque instant depuis mon réveil provoqué par la lumière, je n'arrivais pas à trouver une solution rationnelle aux évènements. Il n'y en avait tout simplement pas.

Pour quelle raison quelqu'un viendrait dans cet endroit tellement isolé, en pleine nuit et dans ces circonstances ? Qui serait disposé à perdre du temps et de l'énergie pour être ici cette nuit ? Qui pouvait être capable de disparaitre, littéralement, de cette manière ? Et que pouvait bien être ce flash de lumière inexplicable qui coïncidait avec cette disparition inexplicable ?

Cet évènement devait avoir une relation avec ce qui nous était arrivé l'été précédent et tout ce qui se passait dans la montagne selon les dires de certains. Tout concordait, il n'y avait pas d'autre explication, aucun doute possible. Nous ne savions toujours pas qui ils étaient et pourquoi ils venaient, mais nous étions certains qu'ils n'étaient pas d'ici. Il était évident que, quels qu'ils fussent, ils ne venaient pas avec de mauvaises intentions. Cette nuit, ils auraient pu faire de nous ce qu'ils voulaient. Ici, isolés dans la montagne et éloignés de tout, nous n'aurions offert qu'une faible résistance face à eux.

Nous restions sur cette idée que, peut-être, simplement étaient-ils venus pour nous observer, ou bien encore qu'ils étaient juste de passage, mais qu'ils n'avaient en aucun cas l'intention d'interagir avec nous directement.

Toutes les pièces du puzzle commençaient à s'assembler les unes avec les autres. Tout d'abord, l'histoire abracadabrante de cet homme dans le village qui aurait des contacts avec des extraterrestres, puis la venue de son fils le jour de l'ovni pour faire des signaux en "morse" depuis le château. Ensuite, les apparitions fréquentes de lumières étranges dans le ciel de la montagne, l'histoire incroyable du "sorcier" et maintenant, cette visite incohérente qui s'achevait par la disparition impossible de ces deux ombres énigmatiques. Autour de ce que nous vîmes six mois auparavant dans le ciel de cette nuit d'été, une trame d'évènements commença à se dessiner et à se mettre en relation avec des incidents postérieurs mais également antérieurs. En mettant bout à bout tous ces éléments, une hypothèse apparaissait clairement : la possibilité que ce lieu soit un endroit visité de manière récurrente par quelque chose d'encore inexpliqué et qui recelait encore bien des secrets.

Les quatre dernières nuits de notre séjour se résumèrent à une vigie, sans aucune envie pour nous de trouver le sommeil, la hache à la main, au cas où. Nous décidâmes de rester et de dormir sous les tentes car, malgré la peur, nous estimions qu'il n'y avait, finalement, que peu de danger. Ma mère s'arrangeait pour que mon père dorme peu, de manière à pouvoir nous protéger immédiatement en cas de situation inattendue. Mon père, toujours sur le qui-vive, était impatient d'avoir une autre opportunité d'entrer en contact avec ces visiteurs. Malheureusement pour lui, jusqu'à aujourd'hui, l'expérience ne se renouvela pas.

Plus jamais je ne porterai le même regard sur l'obscur firmament étoilé. Bien que, plus jeune, j'adorais observer les étoiles filantes et tenter d'identifier les constellations, à partir de ce jour je contemple le ciel en quête d'un clin d'œil inexplicable qui n'aurait de sens que pour moi. La peur avait éveillé en moi une curiosité qu'il serait difficile de satisfaire. Tant de constellations, d'étoiles, de planètes et autres lumières qui ornent les nuits, et si peu de connaissances sur elles. Jamais plus je n'aurai la possibilité de savoir ce qui avait bien pu traverser le ciel cette nuit d'été, et jamais plus je ne pourrai savoir avec certitude ce qui s'était exactement déroulé dans le jardin lors du second incident. Depuis ce jour, j'ai commencé à donner plus d'importance à tous les détails du ciel dans la nuit. Je me rendais compte de l'infinité de couleurs et de l'intensité des lumières que pouvaient nous réserver les étoiles, la sensation de palpitations et de vibrations de certains astres ou bien encore de la lente chorégraphie parfaitement orchestrée que nous offrait le ciel nocturne.

Au bout du compte, en quête de quelque chose qui n'allait jamais apparaitre, j'ai appris à m'émerveiller de ce qui avait toujours été là, devant mes yeux et que jusqu'à ce jour, j'observais sans voir. C'est dans les détails et les nuances d'ombres et de couleurs que réside la beauté de la nuit, et c'est dans le mystère que demeure sa splendeur infinie.

Les années passèrent et j'oubliai peu à peu le nom de bien des constellations, mais je commençai à prendre goût à l'inconnu sous un angle qui m'offrait un spectre d'idées bien plus large et plus critique qu'auparavant.

Je reste fermement convaincu que ce dont nous avons été témoins n'était pas le fruit de notre imagination et qu'il ne s'agissait pas non-plus de mauvaises interprétations conditionnées par la situation. Nous ne pourrons probablement jamais élucider en détail ni avec des informations vérifiables ce qui s'est réellement passé. Toutefois, l'émotion de cette histoire et son caractère indélébile dans nos mémoires prennent justement leur force dans le mystère et dans le fait de ne pas savoir. L'enthousiasme qui m'accompagne quand il s'agit de raconter cette incroyable anecdote se maintient, intact, car l'intrigue n'a toujours pas pu être dévoilée, tel un cadeau surprise encore dans l'attente d'être ouvert.

EPILOGUE

Plus de deux décennies se sont écoulées depuis les faits et nous continuons d'aller au Moulin plusieurs fois par an, et il s'agit toujours de mon lieu de vacances préféré. Depuis que nous avons été les protagonistes de ces incidents, ma mère prend le soin d'observer le moins possible le ciel étoilé avant de dormir là-bas. Bien que nous sachions qu'il n'y avait pas de réelles raisons d'avoir peur, la crainte de voir à nouveau quelque chose d'étrange qui nous empêcherait de trouver le sommeil prend le pas. Peu à peu, nous avons appris que cet endroit recelait bien des histoires d'ovnis et qu'il regorgeait d'anecdotes ou de vieilles légendes à ce sujet. Les villageois n'accordaient que peu d'importance à ce qu'ils voyaient la nuit dans le ciel de la montagne. Pour eux, ceci n'allait pas changer leurs dures routines quotidiennes. Cela faisait partie de leur vie de montagne, au même titre qu'un simple serpent plus grand que d'ordinaire, ou bien encore qu'un de ces grands vautours qu'on aperçoit rarement. Simplement, "ils" étaient là, sans interférer, et c'était tout. Plusieurs personnes m'ont raconté qu'ils avaient vu des lumières étranges se déplacer bizarrement dans le ciel de la montagne. D'autres m'ont décrit avec précision comment ces lumières semblaient pénétrer directement dans un des hauts pics rocheux de la montagne. Le récit d'un agriculteur du village voisin expliquait aussi comment il avait observé un objet de grande taille surgir de l'eau du grand lac proche, et s'élever puis disparaitre dans le ciel.

Quelques années après l'incident, la télévision nationale portugaise a diffusé un documentaire sur la vie et les récits d'un certain Américo (annexe 1 et 2) qui vivait au village. A partir de l'émission de ce documentaire, plusieurs "groupes de recherches" se sont formés afin de mener des études sur les phénomènes étranges de la montagne. Ils ont effectué des mesures de champ électromagnétique, du niveau de radioactivité et réalisé de nombreuses vidéos sur les lieux en questions (annexe 3 et 4). Un autre évènement d'actualité s'appuyait sur une curieuse légende qui racontait comment, dans la montagne, par des temps lointains, on avait observé de mystérieux phénomènes à base de lumières et de rayons lumineux qui se croisaient dans le ciel à grande vitesse comme les batailles épiques de 1561 et 1566 dans le ciel de Nuremberg et Bâle, qui resteront gravées en peintures et dans les annales médiévales. En effet, en juillet 2019, un festival de musique ancienne a été créé dans le village et accompagné d'une "reconstitution" de l'évènement céleste de la légende avec des faisceaux laser de couleurs et des drones lumineux en guise d'ovnis (annexe 5).

Mon père reste persuadé que cet endroit est un lieu de "recharge" où il serait possible d'utiliser un certain type d'énergie à partir du granite, du quartz ou d'autres ressources dont regorge la montagne. Il semblerait que la théorie de mon père puisse avoir quelques fondements si j'en crois une nouvelle à laquelle je viens juste d'accéder. Il y a à peine quelques semaines (en avril 2020), s'est ouvert un débat très controversé sur l'approbation de l'exploitation de la mine d'Argemela située à une quinzaine de kilomètres (annexe 6). Il s'agit d'une zone dont les caractéristiques géologiques sont identiques à celles de notre fameuse montagne. Curieusement, le minerai principal sur lequel se concentre l'exploitation minière est le Lithium. Cette mine est également riche en tantale, niobium, tungstène, rubidium, cuivre, plomb, zinc, or, argent, césium et scandium qui sont beaucoup moins connus du grand public. Tous ces éléments, sont des matériaux directement en relation avec les nouvelles technologies. En approfondissant les recherches sur les caractéristiques et l'utilisation de ces métaux, je suis resté à la fois perplexe et effaré de constater le parallélisme évident entre le phénomène ovni et l'usage de ces éléments de nos jours. De manière simple et résumée, je donnerai quelques exemples illustratifs de l'utilisation des éléments qui m'ont le plus surpris, selon une encyclopédie très connue :

- Lithium : outre l'usage pour la fabrication de batteries électriques ; *"Les alliages métalliques du lithium avec l'aluminium, le cadmium, le cuivre et le manganèse sont utilisés pour fabriquer des pièces d'aéronefs à haute performance. (les alliages lithium-aluminium sont utilisés en France sur le Rafale)"*. *"Le lithium sous forme métallique ou d'aluminate est utilisé comme additif à haute énergie pour la propulsion des fusées"*

- Tantale : *"L'électronique est la première application du tantale. En effet, environ 68 % de la production annuelle est utilisée juste pour ce domaine. Il est principalement utilisé dans la construction de condensateurs."* *"Ils sont beaucoup utilisés dans des domaines de technologie de pointe comme l'aérospatiale, l'armement, etc." "GPS, les systèmes anti-collisions"*

- Scandium : *"est couramment utilisé dans les constructions aéronautiques militaires russes"*

- Niobium : *"Le niobium pur est utilisé pour la fabrication de cavités résonnantes radiofréquences supraconductrices, par exemple dans les accélérateurs de particules"* L'acier au niobium est utilisé dans : *"les fusées et les satellites envoyés dans l'espace (Apollo 11 était fait à 60 % en acier au niobium"*

- Césium : Il s'utilise comme *"propulseur de moteur ionique"* dans le cas par exemple *"de sondes spatiales interplanétaires (Deep Space 1, Dawn, Hayabusa) et aux mises en orbite géostationnaire depuis une orbite basse (satellite de télécommunications)."*

Il est très surprenant de constater, sans même faire des recherches très approfondies, comment ces éléments peuvent être immédiatement associés, et presque exclusivement, à une technologie qui colle parfaitement avec ce que l'on peut imaginer en pensant au phénomène ovni ou à des civilisations technologiquement très avancées.

Pratiquement tous les renseignements, histoires et légendes que j'ai pu exposer avant, nous sont parvenus longtemps après que nous ayons vécu notre histoire dans la montagne, de sorte que, nous n'avons aucunement été influencés dans la perception de ce qui nous est arrivé à l'époque. En effet, mes parents n'étaient pas de la région et avaient acheté le Moulin quelques années auparavant, par un concourt de circonstances, sans connaitre ni la région ni personne y vivant.

En me replongeant dans le passé, j'entrevois deux choses que nous aurions pu faire pour étayer un peu la situation. La première serait d'avoir tenté de prendre contact avec ce fameux Americo qui mourut peu de temps après notre aventure. La seconde aurait consisté à nous rendre immédiatement au commissariat pour y faire une déclaration des faits et ainsi peut être obtenir plus d'informations venant d'autres sources sur ces étranges phénomènes. Concernant ce deuxième aspect, il est encore temps de franchir le pas même si j'imagine que cela nous apporterait bien peu aujourd'hui. Mais qui sait ? La vie est bien souvent surprenante et peut être que cela nous permettrait d'ouvrir un nouveau chapitre sur notre extraordinaire aventure familiale.

ANNEXE

1. En 1992, un documentaire sur les phénomènes ovnis fut retransmis sur la chaine de télévision nationale portugaise (Rádio e Televisão de Portugal). En effet le programme "*Reporteres*" dédiait un de ces reportages au thème OVNI dans la région de la Sierra da Garduhna et parlait déjà des témoignages étranges d'un certain Americo Duarte Dos Santos.

2. Le 18 Mai 2008, un autre programme de RTP 2 (Rádio e Televisão de Portugal 2), "*Encontros imediatos*", episode 6, intitulé : "*Serra da Garduhna*", centre son investigation sur la vie et les récits d'Americo Duarte Dos Santos qui dédia grande partie de sa vie au phénomène ovni dans la montagne de Serra da Garduhna.

3. Juillet et Septembre 2005 puis en Septembre 2009. Une équipe de plusieurs ufologues de l'équipe de recherche de la société portugaise d'ufologie ("*Sociedade Portuguesa de Ovnilogia*" (SPO)), réalisa plusieurs réunions de recherche dans la montagne Serra da Garduhna.

4. . Le 14 Janvier 2006, un séminaire est mis en place par la "*Feira do oculto em Oeiras*" qui aura pour théme les mystères dans la montagne

Serra da Garduhna ("*Misterios na Serra da Gardunha*").

. Le 1 d'Avril 2012, la revue Portal UFO du Brésil écrivait un article très complet intitulé : Soucoupe volante dans la mystérieuse montagne Serra da Gardunha au Portugal ("*Discos voadores na misteriosa Serra da Gardunha em Portugal*"). (https://ufo.com.br/artigos/discos-voadores-na-misteriosa-serra-da-gardunha-em-portugal.html)

5. . Du 27 au 29 Juillet 2018, se déroulèrent des évènements culturels et d'animations estivales dans un village de la montagne Serra da Garduhna sous le nom de La grande bataille de Gardunha ("*A grande Batalha da Gardunha*"). Cette attraction d'un week-end faisait référence aux phénomènes ovnis connus dans la région et "*recréait*" une ancienne légende locale où, selon l'histoire, aurait eu lieu dans la montagne une grande bataille de rayons lumineux et de feux dans le ciel entre aéronefs. https://beira.pt/portal/noticias/lendarios-avistamentos-extraterrestres-levam-tres-dias-de-festa-a-castelo-novo-fundao/

. L'évènement se proposa à nouveau entre le 26 et 28 Juillet 2019.

www.aldeiashistoricasdeportugalblog.pt/es/2019/07/23/la-gran-batalla-de-gardunha-inspira-la-fiesta-del-ciclo-12-en-red-en-la-aldea-historica-de-castelo-novo/

6. Je fais ici allusion à l'équivalent du Journal Officiel portugais (*"Diário da República"*) où l'on peut vérifier l'approbation du gouvernement portugais sur l'exploitation des mines de Lithium (entre autres métaux et éléments rares et précieux) dans la montagne de Serra da Gardunha, le 2 avril 2020 *"Diário da República, n.º66/2020, Série II de 2020-04-02, Aviso n.º 5628/2020"*. https://dre.pt/web/guest/pesquisa/-/search/131016432/details/normal?q=Aviso+n.%C2%BA%205628%2F2020

Illustrations originales de Lydia Román González et Francis Pinto Vaz-Pedro